Love　　Yourself

张
西

著

自
己

被
岁
月
修
改
的

愿
你
喜
欢

北京联合出版公司
Beijing United Publishing Co.,Ltd.

目录

THE CATALOG

旅客要在每个生人门口敲叩，才能敲到自己的家门；
人要在外面到处漂流，最后才能走到最深的内殿。

The traveller has to knock at every alien door to come to his
own, and one has to wander through all the outer worlds to
reach the innermost shrine at the end.

——泰戈尔

旅行的起点是离开

你离不开这里，
你没有办法去别的城市生活。
她继续说。

"你为什么一定要当台北人呢？"

我拿着电话，感觉得到她很努力地忍住情绪，但仍咬牙切齿，像是一种看见自己被背叛的愤怒。

"我没有一定要当台北人。"我说，用很平静很平静的口吻，眼泪却掉了下来。"台北"，好复杂的两个字。一切的混乱就是从这里开始的，甚至是直到最后都没有被抚平。

"你离不开这里，你没有办法去别的城市生活。"她继续说。虽然语气缓和了一点，但在我的情绪里，听起来仍然尖锐。

"我不是没有办法，而是我现阶段还不想。"我的语气没有起伏。

"你的父母把你送到台北去，不是为了让你成为一个台北人。"

"台北人又怎么了？"我忍不住在她看不见的地方低喃了一声。虽然我知道自己不算是个台北人。对，我应该不算吧？

我家在新竹。

这是小时候我的自我介绍中一定会有的一句话，然后我会接着说，我从小学到中学三年级都是通勤，每天往返台北和新竹两地，可是我对新竹和台北都不算熟悉，因为放学后我就要回新竹了，没有太多时间在任何一地闲晃。初三时因为课业压力变大，父亲才在台北租了房子，我才正式开始了在台北的生活。**这一住，到现在十年了，我未曾离开**。在台北念高中、上大学，似乎是天经地义的事。这十年间，不只是我回新竹的频率不断地递减，改变的还有很多，那些与家有关的，比如父母离婚，比如父亲再婚，比如新竹的家因为父母分开的关系，从两间打通的大房子，变成两间简单的公寓。又比如，妹妹们陆续离开了台北，而我始终还在这里，我自己也找不到原因地停在这里了。

母亲曾说，小时候决定把我们送到台北，是因为台北有比较丰富的资源、竞争力比较大、可能性比较多。这些话我一直是放在心里的，我看似很努力地在台北寻找一个自己的位置，好像台北就是我的全世界了（或者说是我以为的最好的世界了）。然后，在某几年的时间里，我觉得自己像是一个被台北丢掉的小孩，可是我好像离不开了。太依赖于轻轨与公交车的强烈惯性，太容易把文山区、大安区、信义区、中山区这些闹区当作自己的地域，太偏执地想要在"台北"两个字里，找到一种自己喜欢的生活。

就这样，十年，我在我以为的最多的可能性里，逐渐地失去了寻找可能性的动力。可是我不知道为什么。

很多时候是这样的，在某一个时间点上，会特别觉得自己的人生死死地卡住了，然后那些曾经让自己不舒服的对话都会用一种很轻蔑的姿态重新再来一次，**日子好像变成一条细细的绳，缓缓地，把自己勒紧，甚至就要窒息。**

真的拉起行李箱离开台北，拥有一趟旅行，大概就是因为在那样的感受里，我已经没有任何地方可以去了。平常能想得到的让自己开心的方式，这个时候偏偏都起不了作用，某些松散的生活喘息像是一种药，太频繁的烦躁其实对于这样的喘息是有抗药性的。大概是因为这样吧，所以我离开了。离开台北，像是一种逃避，但就是去了，没有任何后路地去了。

我帮自己规划了为期三十天的环岛小旅行，并在网络上公开地寻找可以让我留宿的小房东们。我想遇见的不是每一个城市的景点或特色小吃，而是让我走进他们的门，参与他们的生活，可能只是把生活切片成一夜一夜，可能有烦恼也有快乐，也可能有意外，但无论有着什么，我都不想阻止自己去做这件事，也不允许任何人阻止我。然后，在二〇一六年秋天，我终于离开了台北，有了一趟我人生中到目前为止时间最长的旅行。

其实我想了很多种关于开始的书写方式，又或者更精确地说，去书写为什么要开始。说实话，挺难的。我改了又改，删了又删，好像怎么说都没有办法把这一个开始整理清楚。我一直在想，我们的生活、我们的存在，是不是都一定要有一个清楚的信念或价值，才能去掂量自己的名字，其实在这个世界上都有着重量。也许这是一个极端的想法，但我在思考如何下笔记录这一趟旅行时，我确实一直如此困惑着。

我不想用城市的名字去区分生活的可能性，但在离开台北以后，我确实看见了台北的渺小，又或者是说，自己的渺小——自己期待在一个城市里所能追求的生活方式，竟如此局限。

出走像是拿着自己喜欢的颜色的蜡笔，离开白纸，试着在石子上、废墟的水泥墙上、巷口的砖头上，在那些自己未曾想过其实也可以作画的地方，只是画着熟悉的形状，就能意外地遇上不同的风景。

这是在开始前，我从没有想过的事。

OI 第一天就像回家

愿我们有一天,
能深深爱上被年轻修修改改的自己。

二〇一六年十月二十日，是个风和日丽的日子。

我从台北出发，她说她会在台中朝马转运站接我。搭上客运的时候，是下午三点四十五分，其实一早起床的时候就特别期待，可是却又有一种好像什么都还没准备好的紧张，没有我想象中的"拉着行李箱，阳光温暖，世界在等我"的像在拍MV一样的滤镜氛围。我一直在想是不是忘了什么。走出门的时候，这个念头根本也就一起被忘了。

记得出门前，室友先出门，她在客厅大喊了我的名字，然后说："路上小心。"我打开房门，说："一个月后见。"她露出"真的要小心"的表情，我说："不要担心。"我们相视一笑，然后她出门后不到十分钟，我也出门了。

我坐在客运上的十八号，独立靠窗的位置，窗户上挂着米色的小窗帘。我喜欢这个位置。从我的位置往左边空位看去，那边的窗帘被拉开了，阳光洒在没有人的座位上，随着车子的移动，阳光好像在跳舞，我看着最前面的时钟显示三点五十七分。不知道为什么，那一刻我才觉得一切要开始了。我轻轻地拉开右手边的窗帘，阳光刺眼地直接穿过无数云层，辣辣地打在我脸上，我忍不住频频往外头看，在这样的天气里，会觉得自己拥有的特别多、特别珍贵，仿佛所有失去的都不可惜。

那一路我想起很多琐碎的事，想起很多人，它们零散得再也串不成一股浓烈的感受，只是轻轻地抚过某一个秋天的午后，让那个时间里的自己，因为有着回忆而不寂寞。

到台中的时候天已经黑了，远远地我就看见她，我知道是她，尽管那只是小小的影子。我想起自己在两年前交换故事（当时是以"我给你一份甜点，你给我一个故事"进行故事贸易）时的样子，我也喜欢远远就辨认对方是不是那个要和我交换故事的人。而她也一眼就认出了我，真好！

留宿一个晚上，与之前的故事贸易相约一个下午，大大地不同。

我喜欢她们家温暖的色调，木头色的地板、沙发、书柜和其他。一走进去的时候，有一种回家的感觉。我想起小时候住在新竹的家，也是这样木头色的地板。我们站在小小的走廊聊了好多我的小时候，比如我曾和妹妹们在家里的走廊学模特走秀，**比如我们的家是如何地变大，然后又变小，甚至好像变不见了**。泛黄的记忆，在说出口的时候，好像就不那么旧了，反而有了另一种恒温的样貌，好像那是夹在现实里的扉页，轻轻一翻就在眼前，未曾消失。

走进这个家的时候，我其实并没有想到自己会在这一趟旅行里，把家的故事想起得那么深、那么仔细。

坐在咖啡厅里打着这些字，我才发现，一个晚上我们竟然能说这么多的话，而要组织、重新整理它们，并不容易。我传了一条讯息给她，我说："我们说了好多的故事，但我决定选一个写，不然，我怕这就变成流水账了。"或是其实流水账也没关系呢？如果这趟旅行没有目的，如果一切都只是过场。

想了想，我决定写下她进入营养系的原因。

"我会念营养系其实是有原因的，但是，也不完全是直接原因。"她露出有点害羞的表情，好像怕这样的原因不够隆重。

"没关系呀，你说说看吧。"我笑得浅浅地看着她。我们一生做了多少决定，都是命运辗转过后的念头。无关乎隆重与否，都让自己华丽又斑驳。

"小时候的周末，我常常去我姑姑家玩。我姑姑没有小孩，应该说，她不能生小孩，所以她很疼我。每次去她家，姑姑都会带着我一起做甜点，我们会在前一天讨论明天要做什么，然后隔天花一整天时间就为了做那一道甜点。后来，我姑姑生病离开了，她把所有做甜点的器具都留给了我，初中、高中的时候我就告诉自己，未来我一定要成为一个甜点师傅。真的，我那时候真的好认真地相信自己会成为甜点师傅，还会去法国留学学甜点，这都是很认真思考过的。当时都不觉得这样的想法很愚蠢，不觉得这是空泛的梦想。"

看着说这些话的她，其实我现在也不觉得这是空泛的梦想。可是，我也感觉到自己对这样的念头没有以前那么笃定了，我同时感觉到，**我们越来越不敢把小时候的认真当真，我们的眼光看得越来越近**。比如从立志要当导演，到觉得要找一份高薪的工作，然后再变成只要能温饱即可。什么幸福快乐，都变成窗外的风景，生活的底线只剩下明天。可是我不敢说出来。我怕说出来后，自己也就这么相信了。我不愿这样相信。

"为什么现在会觉得空泛呢？"我问她，也在问我自己。

"你小时候就立志要当作家了吗？"她反问我。

"我不知道算不算。"我抿了抿唇，"可是我小时候就知道自己喜欢书写，然后就写到现在了。"

然后，在自己意料之外地，我告诉她，我也是在这几个月来，才默默地变得勇敢去承认自己是一个作家的。在那一个当下，在当她以"我是一个作家"的前提在问我的时候，至少，我想笃定自己的其中一个身份。有很长一段时间，在向别人介绍自己时，我没有办法自然地称自己是作家，"作家"这两个字，好像只适合放在张爱玲、简媜那些我心目中真正是作家的人身上。我怕自己成为那种很容易被讽刺的作者："哦，她也能算是一个作家？"后来，某一天我与出版社开完会，回家路上我看着身边的人，也从轻轨车厢的玻璃窗上看见自己的样子，忽然觉得自己好渺小，我想到，无论我是不是一个作家，我都会想要继续书写，终生书写吧。如果我能活到八十岁，那么距离我的死亡还有五十五年，所以其实，我的作家生涯正要开始而已，也许我写到第二十年（还没过完五十五年的一半），才觉得自己是个称职、专业的作家，也不迟。

想想，这是多好的一个开始，在与带着其他身份的陌生人相遇时，先认识、认清了自己的身份。

"很现实吧，因为这份工作一出社会恐怕不会有很好的薪水。"她的室友说。她点点头："父母会担心啊。"

"我觉得父母只是希望我们能好好照顾自己。他们永远会担心我们的。"我说。然后我说起了自己想写动画故事的梦想。可是，一样没来由地，跟她们说的时候已经没有以前那么笃定了，有几句话说起时还忍不住心虚了起来，不知道她们有没有发现。

我很努力地想要想起自己以前说起这个梦想的时候，是什么样的口吻、什么样的表情，但我想到的都很模糊。只记得自己以前会很想要说服对方，一定要坚持梦想，怎么可以因为谁觉得不可能，谁觉得那很辛苦、钱很少，就改变自己的步调，甚至方向呢？可是现在，我在说服的人好像变成了自己，不再是别人。好像把自己从世界里退回来，却又退不回最初盼望世界的眼光。这种变化使我有点羞愧。如果我都没有办法坚持，甚至保护自己最初想要去的地方，凭什么对别人的放弃感到可惜？！

"在通往梦想的这条路上，如果累了，调整脚步，而不是调整初衷。" 我想起自己曾经在手机备忘录里写下的这句话，忽然感到一阵羞赧。这样的自己是如此单纯和狂妄。可是，这样的狂妄在长大后的自己的心里，真的应该羞赧吗？我羞赧的原因是因为我已经放弃了吗？

我打开手机，点开手机备忘录里的一段话："曾经拥有过一种年纪，在那个年纪里，觉得自己在世界的中心，所有可见的都是美好的，不可见的都无须害怕。后来，到了另一个年纪，发现世界没有中心，可见的都掌握不了，不可见的都不敢拥有。"

也许这一趟出走，就是为了让困惑更明显，进而给自己另一种可能。

坐在咖啡厅的小角落，我已经从头打了无数次，开了无数空白的文档，都不知道该如何才能好好地把这段旅程的第一天完好地记录下来。有一种过分的焦虑，好像这趟旅行必须完美。可是没有目的，又何尝需要完美？逃避从来无须追求完美。

但是，怎么说，我还是想找到一个方法把这一夜牢牢地刻在心里，但又矛盾地不想要像流水账那样写。跟她道别后我一直在想，如果我们是十年前相遇，我们整晚会做什么、聊什么呢？网络让世界变得很大，让人们的联系变得很容易，却不一定变得更亲近。

"很多时候我觉得，我回复了好多讯息，可是我没有在跟任何人对话。"我想起她的室友在走廊上讲的这句话。

我忽然很庆幸，我不知道我们的那一晚，还有她可爱的室友们，是不是对话，是不是那种我们小时候跟家人坐在客厅，或是跟朋友坐在餐厅，好好面对面的那种对话，因为我几乎已经忘记那种感觉，我忘了我们怎么开始有了滑手机的习惯，好像一晃眼，手机已经变成一种器官，不能被割舍或忽视。可是，那一晚的每一句话，笑笑闹闹的，或是想法的分享，都让我觉得自己的某一块被悄悄地填满了。

离开她家的时候，我看到了阳光从她的窗户洒进来，粉红色的巧拼反光在白色的墙上，墙壁变成淡粉红的样子，她们说，那是这个房间最幸福的光景。我留了一封信在她的桌上。回过头再看一眼那面墙和亮晃晃的阳光，我的脑海忽然冒出一段话。

"感到幸福的程度，取决于我们把自己投递到这个世界的程度。也许那也是受伤、痛苦的程度。但愿每一道伤痕，成为通往更好的未来的路。**愿我们有一天，能深深爱上被年轻修修改改的自己。**"

谢谢第一天是她，谢谢在我也不知道自己是否准备好了的第一天，是那么善良美好的她接住了我。谢谢她们的开朗和单纯，走出她们家小区的时候，我又往回看了一眼，也许，我再也不会来到这里，也许这样的组合再也不会出现，可是那一天，温和的台中，有她们的笑声，有她的简单。

似乎没有比这更好的开始了。

　　　　在通往梦想的这条路上，

如果累了，调整脚步，而不是调整初衷。

02　懂得幸福的猫

我在认识世界的时候，
世界也在认识我；
我在失去世界的时候，
我不会失去我。

二〇一六年十月二十一日，晚上的台中下了一场大雨，这也是这趟旅行中唯一的一场雨。

我在角落把昨天的日记打完后，赶紧收拾东西，一推开咖啡厅厚重的玻璃门，突然，轰隆轰隆地响，我愣在原地，天啊，竟然下了这么大的雨！从我在的地方走到公交车站需要一段路，我东想西想，很犹豫要不要搭出租车。以前伸手向家里拿钱，日子宽裕的时候，一急就会随手招出租车，那晚我却犹豫了。不过看着雨点大滴地打在柏油路上，再低头看着脚上的新鞋——**有时候我们会为了保护一些无关紧要的东西而愿意牺牲一点点，无论是否真的能保护到它**。那只是一个小小的冲动，表示我还能保护些什么——我开始在车海中搜寻出租车的影子，然后发现台中的出租车比起台北的，真的好少，而雨天的电话叫车也是满线。

不过挺幸运地，我仍很快地搭上了某台车。司机是个可爱的人。他大肆跟我分享他年轻时在报社如何呼风唤雨，并在十分钟的路程中提及大约十次他拥有高级导游执照，他说了很多对现代年轻人的见解，尤其在文字书写这一块，因为以前在报社的关系，他总觉得现在年轻人没有文学素养，写出来的东西根本狗屁倒"肚"。直到他发音念错的时候，我才对他前面的那些话不那么不知所措，我轻轻地在后座莞尔。我想，他应该是一个很寂寞的人，很需要被倾听，被倾听对他来说，是他感觉自己存在的重要依据吧。于是我静静地听他说着他的当年史。

下车时，有一个女生走过来帮我开门，我以为是她，于是我说了声"哈啰！"，她愣了愣，我说："你是……""不是。"她打断了我，我有些尴尬，"我以为这是我叫的车。"她也有些尴尬。噢。然后我发现车窗外有另外一个身影，她歪着头看着我，微微地踮了踮脚，露出淡淡的笑容。啊，这才是她。我看着她露出笑容。

她是个安静的女生，很喜欢笑，声音轻轻的。

在报名的窗体上，她是唯一一个替自己写了一长篇自我介绍的人，我想，这样的人应该活得很认真吧。见到她时，我才感觉到，她是活得很单纯。一进到她的房间，就像进到另外一个世界，她的墙上贴了些小东西，有一面是《大志杂志》里每个月的海报，都工工整整，我想到我房间里的那面小说墙，跟她比起来，我简直是随便乱贴。

"你知道那个是什么吗？"她指着她床头那一侧的墙壁上一个贴在上面的咖啡色的椭圆形。我摇摇头。那个椭圆形的外围，一整圈都被撕过，像是短的纸流苏。

"是刺猬把自己缩起来的样子。"她说。

那是在一门艺术治疗课上，老师要大家选一种颜色的纸，并且不能用任何工具，只能用双手，要把纸撕成自己心里想的动物，她选了刺猬。我的脑中直觉反应，啊，那应该是什么很容易自我保护之类的原因吧，这是刺猬给我的感觉。不过她说，是一个喜欢刺猬的朋友和她分享了刺猬的故事，于是她才开始喜欢刺猬。

我们拥有最多的是自己的故事，当它们用另一种形式活着，比如言语，比如某一个物品，比如某一个抽象的概念，比如一种随时会想到的思路，在别人眼里，我们就成了迷人的人。看着她说着她的刺猬和其他叮叮咚咚的小故事时，我一直有这种感觉。

洗完澡后，我们一起坐在她的床上，她把书桌的灯打开，关了大灯。她说，她很喜欢那样的氛围，总会让她想到皮克斯动画片头的那盏灯。然后整个晚上，她几乎都是安静地在听我说话。她会丢出一些问题，然后我会在想好要如何组织以前先零散地把故事说完，所以没有一个故事是完整的，但整个晚上，都踏踏实实。我们撑到两个人都撑不下去，几乎快要睡着时，才甘心说晚安。

她说："我们明天可以睡得晚一点。"我点点头，然后道了声晚安就没有意识了。

隔天早上，我睁开眼的时候已经十一点多了。是戴着居家眼镜的她从我的右边轻轻地说："张西，起床啰。"我也不知道自己为什么会睡得那么深，我没有听到任何声音，然后忽然就在醒来前一刻听到她的声音，就张开了双眼。

她说不知道要怎么叫我，打开了灯也开了音乐，但我仍然深睡。我笑着说，我也不知道怎么会这样，但我真的睡得很深。她的房间有一种氛围，很像一个口袋，能够装进所有的秘密，所以我在说话和发呆的时候，都特别有安全感。

她带我去吃了好吃的早午餐。老实说，我在这一路上一直在想，我到底该写些关于她的什么，因为我说的话好多，而她总是睁着眼睛安静地看着我。

"我跟朋友说你要来我家住，我朋友都问我准备要跟你说什么。可是我觉得，这个好难准备，我只是想要跟你说说话，让你认识我的一点点生活。"我们离开早午餐店的时候，她这么说。她走在我的左侧，不知道为什么，**那一瞬间我觉得她**

像一只猫，脚步轻轻的，话浅浅的，可是每一步路她都清楚。

她说，有些事情会就这么停住了，无法推进也无法后退。

曾经我觉得，故事贸易——一份甜点只能换一个故事，于是很偏执地认为不能超过一个。可是，故事怎么会有量词呢？那些从我们自己的口里说出来的每一句话，都包含着情感，包含着故事之外的故事，它们错综复杂，好比生活，生活没有量词——原来我们交换的，是生活。

日记写着写着，我忽然想起一个画面。

她说，她曾经想要休学，做一点特别的事，因为她未来会成为护理师，进入医疗体系，好像就没有机会做一些平凡简单的事了，比如她想开一个关东煮铺子，在小小的巷子里，像深夜食堂一样，每天听着客人的故事，每天都活得那么简单。

曾几何时，那些简单，对一天一天长大成另一个自己的我们而言，已经逐渐变成一种越趋荒诞的想象。**我们在自己的现实里，有着自己的轮回，活在自成一格的风景里，朝风景里的那几条路去选择和前进。**然后，当我们看着别人的风景，当夜深人静，偷偷在心底把自己想象成另外一个人，去过另外一种人生，会不免可惜那样的人生太短，长不过清晨。当早上醒来，回到自己的世界，却又不会特别惋惜，也许这样小小的想象，也让自己的现实人生悄悄完整了。

准备起身要去见下一个陌生人，仍想往记忆里塞一些还想对她说的话。就让那些感受散落在我其他的日常里吧。还好这个傍晚的窗外没有滂沱大雨。旅程已进入第三天了，时间过得不快不慢，好像在某个空间里，它在等我有一天能好好地把自己缩起来，再伸展开来，也许那时候，我就会是一个新的自己了。

也许那时候，

我就会是一个新的自己了。

03　圣诞老人的后裔

在一生的辗转里，
有些人的出现是为了调整你，
而不是留下你。

　　他是一个准备退伍的军人，二十六岁，初中毕业后就进入官校就读的学生。他很有礼貌地订了青年旅社，于是这一晚，我们在青年旅社的一楼说了好久的话。

　　他分享了他发现的自己在爱情里的样子。

　　"我以前都觉得自己够成熟了，知道如何去处理和面对感情里的任何一种状况，后来我才发现似乎不是这样。"看着他把这句话说完，我想着，也许能不能处理好某一种自己的状态，与成不成熟无关，但我们总会在自己能够掌握一切时觉得自己足够成熟，在一切失控的时候因着那股无力感而觉得自己渺小、脆弱。

　　因为初中毕业后就进入军校的关系，他很少有机会能认识异性。上大学时，他特别选了国标舞社，舞伴后来成了他的女朋友。他们交往了四年，他说，军人的生活很枯燥，时间被约束，所以在放假的时候，他会把时间全部都留给女朋友，他甚至可以在女朋友打工的地方等她一整天，只为了接她上、下班，还有看着她。

　　"可是，我好像把她宠坏了。我逐渐感觉到她觉得我对她的付出是理所当然的，她的脾气越来越差，而我的忍耐度也越来越低。最后我提了分手。"

"她失去你的时候，应该很崩溃吧？"我说，"你几乎就是她的全世界了。"

他静静地点点头，这其实是很通俗的爱情故事，这样的情节发生在很多人身上。可是发生了以后，从而认识多少的自己，因人而异。后来，他有过几个不错的对象，谈得来、个性好，但始终没有在一起。他说，他怕自己把爱情美好的样子，套在那一个人身上，或是说，他看见那一个人美好的样子，就觉得，有着她的爱情，也会很美好。

"可是那样就不是真的喜欢了吧？"他看着我，"我是说，真的像傻子一样的喜欢。"

"你怎么会这样觉得呢？"我问他。

"因为后来我遇到了另外一个女生。"他说。

他们意外地认识，意外地在那个女孩和交往多年的男友分手之后相约，意外地开始关心、留意对方，意外地发现彼此似乎无法在一起。女孩的心里还有前男友。**走在伤痛里的**

人从来不优雅，有时候狼狈得连自己都讨厌。他看着那个女孩放纵自己，把自己活得陌生而丑陋。

"我本来在想，是不是在看过她最真实的样子后我就会退缩了。但我发现没有，我还是喜欢她。可是我想离开她，因为我知道我们不会在一起。"

其实我是相信的，人和人之间有一种状态，是觉得"有你在很好，我们别谈感情，我们这样就好，偶尔出去玩，偶尔吃吃饭，偶尔斗嘴打闹，这样很好。这样就好"。这种相处基于对彼此有一点点的好感之上，但没有喜欢到想要在一起，不是没有勇气，而是这种状态，不会受伤，又单纯，何乐而不为？

"就像你说的摆渡人。"我说。昨天那个像猫的她也给我推荐了张嘉佳的《从你的全世界路过》，他说，他觉得自己很像故事里的摆渡人，带着别人从一处来到另一处时，也就把那个人的伤心事留在湖里了。

我觉得那种状态，就像是摆渡人在深夜划着桨，来到湖中央（我脑袋里想的是泸沽湖。我还问他知不知道泸沽湖，我的朋友告诉我那是世界上最美的湖，我没有去过，但我这辈子一定要去一次），发现了一片星空，甚至能看见银河，然后摆渡人缓缓地停下手边的动作，悄悄地坐了下来，弓着身，屈着膝，他发现自己看见了银河。他发现，原来有一种时候，不用前进，也不需要后退，是那么美好，在湖中央，就能拥有一整夜的星空。

"可是，天会亮，摆渡人要上岸。"我说，"所以，这种美好通常不恒常。这只是一种自在的状态，而在这样的状态里，有着胆小和自私。可是如果两个人都觉得无所谓，那么在湖上的那一晚，就待在一起吧。天亮了之后，上岸了之后，终究要各自分头走。"

他静静地看着我，像是还在那片湖上，他的天还没亮，而我在我的岸边，把他的样子写进了日记里。

"在一生的辗转里，有些人的出现是为了调整你，而不是留下你。"我说，然后拿起笔，在笔记本里写下这句话。

我不想把他的故事打得太清楚，昨晚我是这么跟他说的："可能，我会写更多自己的感受而不是故事情节，我想写下脑海里跑出的无数句子。"他笑着点点头。"都可以写的。"他说。

他也喜欢书写，而他的文字和他有一些差异，但不会差很多。我们总能把自己的某一个样子，好好地放进文字里，而在其他的生活里，也活有自己的自在，我想，那就是文字对我们的意义吧。

凌晨两点多时，我意识到有点晚了，因为他今天早上六点就要回部队。我慵懒地坐在一楼的木椅上，忽然觉得我们拥有好多好多。

"欸，我突然觉得我们每个人都是圣诞老人耶，"我看着他，我们盘腿对坐着，"我一直相信，老天爷安排我们遇见的每个人，都是带着任务来到我们身边的，老天爷要让他们教会我们某些事情，完成任务之后，就会离开。就像圣诞老人呀，我们收到别人的礼物，也发出自己的糖果。差别只是，我们有没有打开心去发现，这些相遇何其珍贵和幸福。"

他点点头，笑得淡淡的。他是一个这样的人，很真诚地说话，很真诚地困惑，很真诚地不知道自己是不是把故事完好地说完了。我想起我们讨论起诚实这件事，我说："诚实是很好的，但有时候就是因为诚实，所以我们最真实的自私也赤裸地被看见了，或是，直接地伤害了别人。"

"可是诚实面对自己，是继续前进最好的办法。"我说。然后我们相视一笑。

睡前，我睡上铺他睡下铺，我要爬上去时，他说："晚安，拜拜。"因为早上我不会看见他的离开，所以他连再见也一起说了。好奇妙的感觉。我在上铺很快地睡着了。

起床的时候，早上九点半，整个房间里除了我，已经没有人了，却有一种还在梦里的感觉。要离开时，我在我的枕头边发现一张字好美的纸条，没想到我被另外的住客认出来了，但她好贴心地没有打扰我们的谈话。那张纸条就这么变成了这趟旅行中意外的美好、小惊喜。

拉着行李从小巷子离开时，我又回头看了一次这间青年旅社。算了算，我们相处的时间只有六个小时吧。这是第四天的我，想起这三个人，想起我所看见的与感受到的，好像与所谓的流浪或旅行不太一样，**每打开一扇门就是遇见一颗心脏，不需要寒暄客套**。我似乎渐渐看见这趟旅程的样子，我们把那些现实放在一旁，在相遇的时光里，认真地把自己放空，认真地把自己当下的状态分享给对方。在现实的人生里，带着一点骄纵让相遇的彼此不用活得那么现实。

他是这趟旅程中的第一个男生，我其实没有什么特别的感觉。知道朋友与家人有着一定的担心，很高兴母亲放心地让我出走，很高兴在我所走进的世界里，容得下我的任性。

今天的台中晴空万里，好像除了第二夜的那场雨，台中都是好天气。

二〇一六年十月二十二日，我发现我们都是圣诞老人的后裔，我们像圣诞老人一样付出，然后幸福。

"可是诚实面对自己，
是继续前进最好的办法。"

04 她拥有一整个宇宙

你为什么要想这么多？
你这样活着不累吗？
为什么要去剖析自己？

她十七岁，高中二年级，拥有一整个宇宙。

其实我们的相遇是一连串的意外。她并不在我原先设计好的路线里，原定第四晚的小房东因为时间的安排有误无法让我留宿，隔天，我就收到了她的好朋友传给我的讯息，是她打在自己私人页面里的一段话，描述着她遇见了我，穿着一身的红色洋装。起先我很担心她被陌生人拐骗，因为我根本没有红色洋装，看到最后，她才写到那是一场梦。**她说，有一天，我们一定会遇见。**当下我就想，如果她刚好在台中，那我空出来的第四个晚上就见她一面吧。

而就那么恰巧地，她住在台中，于是我们见面了。一直到后来，我都无比庆幸自己遇见了她。

快要到的时候，她传了一条讯息给我："我穿全白哟，还有我的爸爸、妈妈和弟弟。""哇，天哪，谢谢你们全家出来迎接我。"我用语音讯息回复她，心底又是惊喜又是期待。

一见面，我先跟她的父母闲聊了一会儿。那是一个可爱的小家庭，可以感觉得出母亲对孩子教育的用心。晚餐就有一件让我印象很深刻的事情。

当时她小学一年级的弟弟蹦蹦跳跳地跑到我旁边，轻声跟我说："姐姐，我可以跟你玩躲猫猫吗？"我很自然地对他笑了笑："好呀，那我们谁要当鬼？"他说他要问问巧虎，于是他开始跟怀中的玩偶巧虎"交流"。我们对话了一阵子，他除了邀请我玩躲猫猫，也邀请我扮阿拉丁神灯。当时我是认真地想，可以跟他玩几回。

后来，她的母亲在我吃饭的空当跟他说："弟弟，大姐姐是姐姐的客人，所以你邀请她跟你玩以前，要先问你的姐姐。"我把一口猪油拌饭放进嘴巴里，脑子却轰轰作响。后来对于他的邀请，我都是笑笑而已，或是像他妈妈一样跟他说："你要先问问你的姐姐呀。"但其实心底是一阵阵羞赧。这是一件很小的事，而她的母亲在这样的细节里教着他尊重。

有时候我们会被自己所拥有的经验蒙混，比如当看着比自己年幼的人时，以为自己有足够的年岁和足够的心智能轻易地宽容一些无伤大雅的小事，可在一个孩子的人格养成时分，这样的宽容有时候可能并不恰当，我们却不自知。

我跟她说："以后我若生了小孩，我也会这样教育自己的孩子。"走在我左侧的她露出笑容。

跟她对话的过程里，我一直觉得在和一个也许只小我一两岁的女生说话。她很细腻、敏感，有她独有的黑暗和善良。我们谈起话来很轻松，那些平常很难向别人开口的事情，好像不用特别去担心对方懂不懂，在说出口的同时，就知道彼此都一定能理解。

我开始拿起笔记本写下她说的话，是她跟我分享她去韩国短暂游学时，想起小时候给自己订的目标。那时的她六七岁吧，当时的目标都很简单，比如把单字背好，比如把钢琴弹好，比如考试考第几名，诸如此类。但前阵子到韩国时，她想到："我好像有很长一段时间没有像以前一样给自己订目标了，我想了很久，我现在的目标是什么。后来我想到了，我希望我可以自己消化问题。"

我看着她愣了愣，她真的只有十七岁吗？

"每次我都会想，我跟朋友讲了很多别人看不见的事，**你知道吗，那种感觉就是，你知道自己不需要被理解，可是却会因为不被理解而孤单。**"她继续说，我点了点头，还是有点回不了神。

她的语调一点也不骄傲，像是有一双与生俱来的特别的眼睛，看着人们看不见的事情，充满困惑，同时自我解答。

我想起她说过的，她从一年多前开始追踪我的 Instagram，那时候我发的文每天每夜都在排遣失恋，长达四五个月。我看着她，忽然很庆幸是现在的自己来到她的面前。丰沛的感情可以以一个名字为去处，而对世界的困惑，却是千里才换得了一个眼神的理解。在我们沉默而不尴尬的时间里，我从她的眼睛里，看见一整个宇宙。

"你拥有一个宇宙，"我说，"不一定安稳地运作，可是已经成了一个可以轮转的系统，无论世界给了你什么，无论你从世界里感受到了什么，进到那里头，你会用你的思考，给自己困惑，也给自己答案。"

她点了点头。

"你知道吗，我十七岁的时候，只懂恋爱吧。"我笑了出来，"只懂世界的浪漫，只懂得做骄傲的梦。十七岁的我，没有宇宙，只有自己。"我看着她，"我觉得这是你的天赋，你会成为一个很深邃的人，比我想得更远、写得更好，成为比我更棒更棒的人。我的意思不是你一定要成为一个作家，你在任何行业里，都要用这样的眼睛去看世界，你有一双跟别人不一样的眼睛，与生俱来的。"

她看着我，红了鼻头和眼眶，流下两行眼泪。

"毕竟，我很平凡，我不是与生俱来长成现在这个样子的。"我露出浅浅的笑容，"这是老天爷给你的很珍贵的礼物，不要放弃做这样的人，无论你最后从事什么行业，成为谁。**用这样的你去面对世界，而不是为了面对世界去改变这样的你。**"

"可是，很多人会觉得，为什么我要这么复杂。"她说。

"我相信你的复杂是为了织成一张网，完好地接住你，让你不会陷入深渊。"我说。然后我拿起笔，在笔记本里写下这样一段话："你的黑暗里，有着无比的善良。这样的善良可能无法给你天真烂漫的思考，但我相信它能带你去比别人更远更远的地方。"

在她下楼倒水给我喝的时候，我连拿起手机，打开 Facebook 或 Instagram 都觉得那像是几万光年以外的世界，我好像一颗小小的即将陨落的流星，划过她的夜空，瞥见了她的宇宙，灿烂得好比花火，**在生活之外，在现实之外，第四夜的这一扇门打开，是一颗和我靠得好近好近的心脏。**

后来，我们聊了一些自己和家人的关系。她说，她很喜欢看我跟妹妹们的相处，她甚至精准地猜到了我最大的妹妹张凯是一个怎样的人，我笑着点点头。

"但其实，我们也不是一开始就很要好。"我说，"我跟妹妹们的感情开始变好，是在父母分开之后。现在也还是很容易吵架。"我笑了出来。

"其实我爸爸也是最近才回来的，之前他在外地工作，没有跟我们住在一起。"我看着她，示意她继续说下去。她说，她有好几次去父亲的住处看他，都很难受，他要辛苦地工作，把自己缩在一个小小的空间里，只能自己照顾自己。

"心疼一个人是很痛苦的，因为你承担不起他正在承担的。我也很自私，为了不让自己那么痛苦，于是我会去寻找对他的小失望，比如地上的啤酒罐，比如床边的脏袜子。所有的心痛都是用这些失望去弭平的。所以，他回来后，当我没有了那些心疼，看见的就只有失望了。"

这些话，她是哭着跟父亲说的，她不知道父亲懂不懂。我看着她，我想，曾经有无数的人告诉过她：**你为什么要想这么多，你这样活着不累吗，为什么要去剖析自己？**可是那一刻我只觉得，辛苦了。只是这些辛苦、这些感受，都无从投递与追究，在我们生命里发生的每一件事情都是如此，选择不来那些避免不了的难受，只能选择自己要用什么心态去面对。而如果这些太精准的细腻是她的选择，她便承受，同时拥有。

我跟她说了很多家里的故事，这是那么多年后，我少有的几次把当年的故事说得那么巨细靡遗，那些对家模糊的印象，忽然都在她的面前清晰了。

"后来我的家变成两半，是真的两半噢，原本打通的走廊又被水泥砌起来。一边是妈妈的，一边是爸爸的。一开始我和妹妹们都很不知所措，要回哪一边才算是回家。妈妈那边原本是客厅和和室，爸爸那边是书房和卧房，走廊被隔起来后，回家看妈妈，要睡时竟然要打开家门，从地下室走到另外一边去睡觉。那时候我和妹妹们都不想回家，也会觉得很讨厌。后来我爸把他的那边卖掉了。起初我们都很不舒服，但再后来啊，像是现在，我反而觉得没关系了。他卖掉了，我们就不会有那种不知道该从哪个门回家的困惑和犹豫了，只剩下遗憾。有时候，只剩下遗憾，也挺好的。"我说。

可是我没有说，有些伤口好不起来，不是我们走不过太长的时间，而是在这些时间里，我们发现自己尽管握有无数把能找到最初的钥匙，都再也没有能够相应的门了。所有的门都上了与自己无关的锁。于是只得找一扇没有锁的门，把自己铸成锁。

最后放任记忆活在一个与时间无关的角落，掀起一些找不到也不需要钥匙的念想。它在里面过它的年岁，偶尔兴风作浪，偶尔扎痛现实。这些不过是日子的病斑，谁的日子没有病斑？这其实没什么，什么都没有。

"你很难过吧？"她说，"我一直觉得，所有可见的东西才能印证自己不可见的存在。就像我妈要是把我的参考书丢掉，我会很生气很难过，因为那些东西的存在证明着我认真地念过书。"

"是呀，看见自己活在世界的轨迹里，才会觉得自己真实地活着。"我看着她，"可是，我们每个人都有自己的世界、自己的人生。我在父母选择分开后，才意识到，我们每个人的人生，都只有自己能负责。"

她只是静静地看着我，听我继续说。

"呼，都是好久好久的事了，我已经好久没有跟别人说得这么仔细了。"有时候把一种感受抒发出来，不是用何等艰涩的话语去把情绪描述得精练，而是只简单地把那些发生的事说出来。事件像是一件件半干的衣服，晒在对话里，理解是微热的阳光，会把它们晒干，变成记忆里的折页，标记着自己的改变。

老实说，写到这里，我忽然停住了。

　　昨天晚上说了一次，今天又打出来一次。旅程里不预期地挖掘很深很深的自己，原来并不疼痛。我想到在一开始经营故事贸易公司时，以一份甜点交换一个故事，我觉得一定要找陌生人，是因为可以听到别人的秘密，秘密往往跟陌生人比较容易开口，所以我就想着，这样我可以听到很多的秘密，当很多人的出口。

　　我记得当时大约是在遇到第五个交换人的时候，我才感觉到，不只我是他们的出口，其实他们也是我的出口，我能向不同的人抛出自己心底不同的秘密。那种熟悉的感觉让我觉得很高兴，在两年多后再次进行的故事贸易里，用不一样的方式，却有一样的感受，好特别，好奇妙。

　　没想到一眨眼就写了这么些字，很高兴自己逐渐回到了那样的状态，去碰撞世界的同时面对自己。就和她一样。要准备去见下一个小房东了，等会儿要离开台中前往彰化。在台中的四天，走进四扇门，看见四个世界，好像就拥有了在台中的四个宇宙。

　　我在离开她家后的公交车上看着过马路的人潮，在备忘录里写下了这句话："茫茫人海，每个人都很渺小，可是每个人都拥有宇宙。"

　　二〇一六年十月二十三日，是母亲的生日，忙碌了一整天，才想到要跟母亲说一声"生日快乐"，不知道是不是因为这样，才会忍不住聊起了家。今天的台中，适合散步和说话，适合诚实，适合想念。

　　希望那年我消失的十七岁，直到我七十岁，都一切安好。一如她的十七岁，一如十七岁的、拥有一整个宇宙的她。

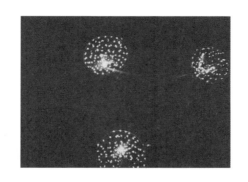

用这样的你去面对世界，

而不是为了面对世界去改变这样的你。

05 我也想做一只灯笼鱼

我也想有一盏自己的灯，
给自己照明，给自己意义。

"你知道员林是一个圆吗？沿着员林大道骑，会没有终点，它刚好绕成一个圈把员林包在里面，我们现在就在这个圆里面噢。"

坐在她摩托车后座，我的脑海里是母亲最爱的那首老歌《哭砂》，那是我们刚刚待的小店打烊前放的音乐。我觉得圆是一个很浪漫的概念，无论自己在里面还是在外面，那像一种美好的区隔，或是束缚，或只是和"圆满"的"圆"同一个字，所以想起来会有感触。

我喜欢坐在她的摩托车后座的感觉，她甚至会细心地慢慢骑，尤其有很多车子经过我们身边的时候。那时候我想起他，但很模糊，我也想起母亲，想起父亲，想起我的室友，想起我曾认识的很多人。员林大道长长的，晚上十点半几乎没有人，她笑着问我："你会怕吗？"我说："不会呀，我家比这里更偏僻。""可是如果我被一个陌生人载到这里我会超害怕。"她稍稍回过头，让我能听见她的声音。"我相信你，"我说，"没事的。"

不知道为什么，秋天的晚上坐在摩托车后座总有一种很强烈的幸福感。我常常想，我能不能一直坐在某一个人的摩托车后座上，他一直载着我，永远不要停下来？我喜欢我们在世界里面，经历一些风雨和日晒，在同一个地方，一起前进的感觉。

后来，我打着这些句子时，觉得自己当时感觉到无比幸福，**也许是因为逐渐理解了生命可以纳进无数的伤心**。可是再多的伤心，也许都不及她的万分之一。

她跟我说的第一个故事，是关于她的父亲的。

"我的爸爸已经……过世了。"她一开口，我就愣住了。我惊讶的不是这件事，而是她看起来，是一个那么开朗漂亮的女生，她笑起来，眼睛甚至弯得像月亮一样。

"我一直不知道自己为什么会这样，我好像……不知道什么是悲伤。"她说，"我爸爸那时候已经生病很久了，我一直知道，他有一天会消失，可是我不知道什么是消失，我不知道失去原来这么可怕，我不知道'失去'这两个字背后，原来有这么多情绪。"

我轻轻地抿了抿唇，想用一个刚好的姿态听她说这个故事。可是好像没有这样的姿态，甚至该用哪一种表情看着她，我都无法确定。

"在我刚上初中那一年，刚开学没多久，有一天我姑姑出现在教室的窗台边，她只跟我说了一个字'走'，然后我就跟她走了。我知道发生了什么事，但我一滴眼泪都没有掉，直到爸爸出殡那一天，我看见地上的水珠，才发现那是我的眼泪。"

她说，她的生活一切正常，她的身上好像有一个开关，只要一离开房间，一从自己的世界走出来，就知道自己会进入另外一种状态。而她在很久以后才知道，原来这样的她，一直被担心着。

"我爸爸离开前，有一次我不小心听见姑姑跟爸爸说'我一定会帮你完成成为室内设计师的梦想'，不知道为什么，我什么话都没听到，就听到了那一句，从那时候开始，我就跟自己说，我一定要成为室内设计师。"

也许是家里的人都有着良好的美术基因，她的家庭里有很多人都从事着与设计相关的行业，所以对她来说，这件事不是痴人说梦。其实我听到这里的时候，很担心，当我们把别人的梦想当成自己的梦想时，我们真正的梦想该放在哪里呢？而很幸运地，她说，她也曾如此困惑，但是当她进入室内设计系，她发现，她也真心喜欢这件事，一如她的父亲。

"这是我人生中做的最好的决定之一。"她的眼睛里有着一闪一闪的星星，"我觉得这件事，是我跟我爸的联结。我一辈子都不会放掉。"

那一刻我仿佛看见一个四十岁的她，已经成为自己想象中的那个女人，然后笃定地、淡淡地向别人说起这个故事。因为此刻，二十岁的她，经过了将近十年的追寻，时光累积出自信，自信变成一条路，只有自己走得起。

"可是，我一直觉得我走不到我的憧憬里。小时候我想象的二十岁其实不是现在这样。"

"我们永远走不进自己的憧憬里呀。"我说，"因为我们永远不知道所想象的那个'样子'的背后，有多少的不美好要承担，但我们还是需要憧憬。"我看着她，她也很认真地看着我，好像她正和我想着一样的事情。

"憧憬是自己给自己的向前的力量。"我继续说，"就像灯笼鱼。憧憬是眼前的那盏灯呀，我们看着灯，不断往前游，去到的地方，绝对不如想象，可是我们还是到了那里。其实走上任何一条路，去到任何一个地方，都是我们带着自己走过去的。"

可惜，长大以后，那些憧憬与现实之间的差距狠狠地甩了我们几巴掌，然后我们就开始不相信憧憬，我们开始把自己想得只剩下现实。我的意思不是我们应该带着那种无可救药的相信，相信某一件美好的事情，然后像一潭死水一样，坚信时间到了，自己就可以拥有那些美好。我期许自己是在现实里持续带着盼望生活。因为现实里不只包含坏的事情，也包含了好的成分。

我拿出笔记本，在笔记本上画了两个点，一个是现在，另一个是想象中的未来。然后我在两个点间画了一条曲线。

"没有人可以走直线的，我们却都希望能用最快的速度去到要去的地方，事实是，我们不可能一步就踩到刚刚好的位置上，走上刚刚好的路。最可惜的是，当我们在背离自己的方向时，会以为只要一走错路，就到达不了想要去的地方了。其实是可以转弯的，只是要花比较久的时间，可是我们不敢花。因为要用更长的时间预测未来的自己，要相信自己花的这段时光是有意义的，需要极大的勇气，因为里头有太多的变量要去面对。"

"所以，确定自己可以一直做某一件事，做很久，很幸福。"她边说边看着我，我们相视一笑。我一直觉得自己身上有着跟她很相似的地方，那是一种直觉。后来，在她的小房间里的漫谈证实了我的直觉。我们有过类似的感情经验，不过很有趣的是，一样的心态，在不一样个性的人身上，与不一样的我们交错时，会有不一样的过程和不一样的结果，但我们却能从中看见一样的事情。

写到这里，我其实有些恍惚，她给了我好多，我们靠得很近，说了很多话，就像好朋友。我一直害怕我会把她忘记，可是我不想忘记她，但又不想在匆忙的时间里凌乱地写下我对她的记忆。我忽然想起前几个小房东的脸，这一切好像一场梦，我会是在做梦吗？做了三十天的梦，他们像是真实存在的梦境，却终究会远去。

怎么说，我好喜欢跟她一起躺在她的床上，聊那些不只有爱情，还有自己，还有社会，还有那些事情背后的事情。

我们坐在她的小桌子旁，聊着彼此从爱情里学到的事情、看见的自己，扑通扑通，日日看见的都是人性，还有日渐迷离又清晰的命运。就像我们都一样感触曾经都不会骑摩托车、开车的高中同学，已经会开车并载着大家一起出去玩了。好像生活难免会让自己活出一种状态，那几天、几周甚至几个月，会像原地打转的陀螺，把未来想了一次又一次，列出各种可能，再排除各种可能，每一个选择，在越趋长大，越会成为自己人生中重要的路口。转弯后要承担的事情越来越庞杂，此时的不安全感会让我们同时挖掘过去，把过去自己所想、所做的事情也一一排开，想要从中去辨认自己是一个怎样的人，以确保接下来的选择都能安心坦然，尽管我们知道不可能，我们知道人生就是无数变量的联结。

我想起神学大师阿奎纳说过的：**"如果船长的最高目标是保护好这艘船，不让它受到任何伤害，那这艘船永远也出不了港。"**

和她道别时，她给了我一封信，她语带害羞地说："你上火车再看。"我点点头，要走的时候我张开双手示意要跟她拥抱，她也张开双手，我们紧紧拥抱着。然后，我说了声："拜拜！"她也是。她发动摩托车，我拉起行李箱的拉杆，她又说了一次："拜拜。"我朝她挥挥手，然后转过身，没有回头地直直走。我不知道为什么不敢回头，我似乎怕自己会哭，可是我不知道为什么会想哭。直到进了火车站，我才回过头，我看见她与摩托车已经变得小小的，而且越来越小，直到不见。不知道为什么自己一阵鼻酸，明明我们只相处了一晚。

"我不知道我想这些是不是想太多，可是我就是会去想。"她说这话的样子和前一天十七岁女孩说话时的样子重叠了。

"我觉得，你是一个很善于用自己的感知去和社会产生联结的人。"我看着她，"这些自问自答会在你的世界循环成一个系统，系统架撑起你复杂的感知，而你用这样的感知去和社会产生联结。"其实，就和那个十七岁的女孩一样。我想起一个朋友跟我说过，我的读者都有和我相似的地方，我想，就是这里吧。但我们不会停止这样去感受世界和自己，我知道这样的我们会带着自己一步步走远，远离单纯，但不是失去单纯。

"我逐渐觉得，人生要走得够远，才看得见它耐人寻味的地方。"这是那一晚睡前我得出的小小结论。她看着我，点点头，露出漂亮的笑容。她一直让我觉得她很像自己的一个朋友，尤其是笑起来的时候，还有说话的手势，甚至她们喜欢的东西。

我想起自己在这趟旅程的第二晚写的那句话："**愿我们有一天，能深深爱上被年轻修修改改的自己。**"

此刻，脑海中她的脸，并不模糊，对她印象最深刻的，仍是我在她的摩托车后座感受到的胸口涨满的幸福，好像所有的遗憾都不算遗憾，所有的昨天到这里就会被更新，被允许推翻。我不知道是不是因为我们都有过不知道如何面对悲伤的时刻，她曾说过："有时候会觉得自己背负着很多快乐，却活得很辛苦，夜深人静时仍会为此受伤。"

很多的伤害，仍以另外一种方式存在，比如我们的改变，我们奋力地调整或是义无反顾地追寻，不是为了去一个没有疼痛和彷徨的地方，而是为了让千疮百孔的自己仍有孤傲的灵魂，去甘心蹚这一世的浑水，去活成更接近自己向往的人。

"只是，在修正自己的时候，仍可能遇见伤害自己的人，这不是你的错，也不是他的错，我们不会因为自己变得更好了而必定拥有更好的缘分，但我们会有更好的状态和智慧去应对更悲痛的伤心，那才是修正自己最大的意义。"

翻开我的笔记本，有一页我凌乱地写着这些话，然后，忽然，我决定这一篇标题就叫作《我也想做一只灯笼鱼》，我也想有一盏自己的灯，给自己照明，给自己意义，带自己去任何一个远方，就算从来不符合想象，但所有从自己身上发出的力量都是踏实的脚步，让每一次遇见想象与现实的落差，都不失望。

我想，她也会做一只灯笼鱼吧，很多年后，我仍会想遇见她，想看看她的小灯笼会带她到哪里去。

二〇一六年十月二十四日，彰化和台中一样热，但是晚上的风很舒服，尤其是她载着我骑过员林大道时，拥有一种平淡却厚实的幸福感。谢谢这趟旅程的第五个晚上，是她。

这样的我们会带着自己一步步走远，

远离单纯，

但不是失去单纯。

06　橙花

人心扰攘，悲伤绵延，
如果我能有你的一半单纯，
也许快乐的路会长一点。

她是一个初中语文老师，和我一样，二十四岁。

我们第一次见面是前阵子在台中的莳尝咖啡店，当时我有一个小小的演讲，而她是坐在台下听演讲的人。她说，如果那天她没有来听我的演讲，看到这个活动恐怕就不会报名了，因为她觉得一个陌生人来住家里，有太多的不确定性。我想到前几天遇到的十七岁女孩的爸爸，当时我问："你们怎么敢让一个陌生人来家里呢，都不会担心吗？"女孩的爸爸笑着说："其实我比较担心你，我们的担心只有一个晚上，而你有三十个晚上。"

三十个晚上。对啊，我有三十个晚上。我才忽然觉得这个计划好像有点疯狂。**三十个晚上，都是陌生人，每一天都是未爆弹。**可是，即使不是陌生人，即使我没有出来走这一趟，其实我们的每一天，也都是未爆弹。

她笑着看着我："你竟然现在才觉得这很疯狂！"我有些别扭地笑了笑，可是仍不觉得后悔。就像她也曾花光了自己几乎所有的积蓄去韩国念了将近一年的书，她说："可是还是很值得，那时候如果我不去，我以后就不会去了，就像你，我知道你如果现在不做这件事，未来你想起来时，也不会去做了，只会懊悔自己当初为什么没有勇敢一点。"

她说话的样子不像我初中的语文老师，却让我频频想起初中时的语文老师。

"我开始教书后，发现孩子真的好单纯，不知道他们是用什么样的态度在面对生活，明明那么现实。比如我们班有一个小男生，每次台风来时他都会说：'台风来我们家就完蛋了，因为香蕉都会掉下来，我们家就没有钱了，然后就完蛋啦！'他的语气不是完全不懂没有钱的难处，而是有一种觉得就算完蛋了也还能活下去的乐观。后来我去问其他老师，才知道他们家的经济来源全是卖香蕉，所以台风对他们来说真的会很难熬。"

以前，我的脑海里会冒出一些想法，比如这个孩子能够说出如此乐观的话，是因为他的生活并不由他来负责，而是他的父母，但这一次，我听她说完这个故事时，想的却是，我们是不是也曾像那个孩子一样，相信无论哪一天，无论台风再大，在所有的"完蛋"之后，我们还能乐观地活下去。

那有一种无法为自己承担人生的羞愧感，这是成人与孩子最大的差别。可是，我们又是从什么时候开始意识到把自己放在肩上，跟大声地嚷着"我的人生是自己的，没有人可

以管我"其实是同一个意思。生命的自由度，延展了生命的
韧度，而生命的脆弱，体现了时间的局促。我们拥有得太多，
多到甚至无法完好地响应自己每一个漂亮的想象。

我的脑海里一直连接到小时候妈妈说的"长大后，很多
的痛苦是来源于我们想要的太多"。如果此刻的我再重新说一
次这句话，应该会是，长大后，很多的痛苦是来源于我们的
现实里包含着生活和渴望。

小时候以为，大人们说的现实最难的是处理温饱，后来
发现，难的不是温饱本身，而是在还无法温饱自己时，舍不
下温饱之外的渴望。**梦想像是一件件豪华的衣服，一件件挂
在心里的某一个房间里，它们整齐干净，当我们走进去，翻
开它们的吊牌时，每每都是空白的，没有任何标价，于是拿
着钱怎么也买不到、穿不起。**（悲伤的是恐怕走进去的我们，
是空着双手，拿不出任何的钱，却也不敢把这些拾起穿在身
上，觉得那好像不是自己配拥有的。）

这是没有答案的思考。

"学生们的家庭状况，很多时候老师是无能为力的。"她
说，"可是我总会想，除了学业，我还能给他们什么。我最
近很感动的是，孩子们会说，谢谢老师没有放弃他们。其实

我也很难过，他们以前是怎样学习的呢，而我可以给他们什么呢？"

孩子们在很小的时候，就有被放弃的感觉了吗？这反而是我听她说完后最难过的地方。

她说，她带的班级成绩在持续进步，甚至上一次段考，平均分是全年级最高的。"他们考完试后会问我：'老师，我们第几名？'我说：'第几名不重要，因为那表示你在跟别人比较，我们应该要跟自己比。'他们后来知道自己平均八十六分，又跑来问我：'老师，平均八十六分算很厉害吗？'我说：'如果你给自己的目标是七十分，那考八十六分当然很厉害，但如果你给自己的目标是九十分，考八十六分当然就表现得不够好呀。'"

我坐在她的摩托车后座，阳光温温的，而我满身的鸡皮疙瘩。这是好简单的道理，但多可贵，她用孩子们的提问教会他们这些事。我想起教育这件事，我并不是专业地能明白一些教育理念或学术背景的人，但我发现一些有趣的事情，小时候一定遇到过一些老师，他们频频地告诉我们做人应该要如何如何，可是在我们与他们的应对里，却不一定会看见这些道理。

　　隔天早上她载着我去吃早餐时，我告诉她，我一直想到我初中的语文老师，我印象很深刻。有一次简媜来我们学校为老师们演讲，刚好时间撞到了语文课，老师让我们自习。后来，老师跟我们谈起简媜，她说她会喜欢这个作家，是因为她的产量固定，每年，都可以从一本书里看见她这一年的变化，然后看见了她的年轻、她的彷徨、她走入婚姻、她成为母亲，在这些历程里，老师说，她喜欢简媜记录着自己的成长，同时有着自己的思想。

　　这感觉好奇妙，我坐在她的摩托车后座，我说，以前我看着我的语文老师去见别的作家，现在我变成一个作家，虽然还不是一个成熟的作家，然后有一个语文老师来找我，这个感觉真的很奇妙。她在前座笑了笑。我们路过的街口，有她的学生站在那儿当小导护，她轻轻向他们招手，他们的笑容腼腆羞涩，我好像看见自己小时候是如何地看着我的语文老师了。

　　"这些学生有你当老师好幸福。"我说。

　　"其实我也还在摸索啊。"她笑了笑。我知道她是认真的，我也是认真的。

　　她还不是一个教书多年的老师，好比我也还不是一个著作等身的作者，我们像在某一条路的开始遇到，我们聊现实，聊要如何温饱自己，聊自己想做的事，聊自己相信的事。我一直有一种感觉，也许五年后、十年后，我会想见见她，我想看看我们从自己的开始走到了哪里，此刻我们的困惑，在很久以后，是不是都有了解答，或是释然。

"芊芊世界里，人心扰攘，悲伤绵延，如果我能有你的一半单纯，也许快乐的路会长一点。"想起她笑起来的样子，我觉得像橙花，她有一种自己独有的清丽，我喜欢她的笑容，坐在客运上，我打下这句话。**她像明白世界会排山倒海来袭，仍用最大的力气把自己活得单纯的人。**

二〇一六年十月二十五日，在埔里的风和日丽里，她也是一抹风和日丽。

长大后，很多的痛苦是来源于我们的

现实里包含着生活和渴望。

07 可以跟宇宙对话的人

可惜人生漫漫，
我已负着千疮百孔的灵魂，
把自己看开，把你释怀。

这一晚的小房东大我十一岁，三十五岁，去年离婚，有两个小孩，她的弟弟在二十四岁（我现在这个年纪）时因车祸去世。

老实说，她看起来不像是一个三十五岁的人，总是笑得很豪迈。她的故事我听得越多，越是想不透，**一个人要把生命活出多大的韧性，才能让自己掉进黑洞时，仍找得到回家的路。**

她二十多岁结婚，结婚前，她心底一直有一个人，在那个网络不普及的年代，他们之间有无数次通信，打从十六岁认识起，一年见面一次，在圣诞节。他们不曾问过两人的关系，只是有默契地总是把圣诞节留给彼此。她上大学后，某一次，觉得是时候要表露自己的心意了，于是她勇敢循着信封上的地址去找他，却没有找到——恰巧那一天，他跟朋友出游了。她把她的喜欢写在信里，而他回了她："我也喜欢你……曾经。"

"我很难过，我以为那是一种拒绝。于是从那之后，我们就不像从前那样那么频繁地写信了。后来，他因为家里的事业要到大陆去，我们见了一面。我问了他，很久以后，我们有没有可能结婚。他说，可是他还没有资格娶我，他的工作不稳定，他想到大陆打拼几年，如果那时候我们都还单身，他就娶我。他离开台湾后，我陆陆续续写了几封信给他，他也偶尔地会回我。直到我怀孕了，决定要跟当时的男朋友结婚。我写了信给他，在信里我说，如果你愿意娶我，我愿意放下一切跟你走。可是他没有回我。一直到现在，我都没有他的消息，他就像消失了，或是说，死了，再也没有出现过。"

"一直……到现在？"我瞪大眼睛看着她。我想着，依照现在发达的科技，要找一个人，应该不算难呀。

"嗯啊。"她点点头，像是这些叙述里，不存在失去，只有归于平淡的情绪。

"你没有想过要找他吗？"

"想过，但是后来我想，我也结婚了，有了家庭，有了孩子，如果他真的不想面对我，我为什么要去找他呢？"就像西蒙·波娃说的一样吧，**唯有你也想见我的时候，我们见面才有意义**。我坐在她面前，缓缓地点了点头，听她继续说后来的故事。

她生完第一个孩子没几年，她的弟弟出车祸去世了。我还记得我们聊起兄弟姐妹的时候，我是这样问的："你有兄弟姐妹吗？"而她是这样说的："有啊，我有一个姐姐、一个弟弟，但我弟弟因车祸去世了。"有一瞬间，我觉得自己问错了问题。在死亡面前，好像所有自然的话语，都藏着不自然。而她的坦然反而更加深了我的不自在，我很怕自己一个不小心又说了不该说的话。

"那时候，我们家，一个人始终不说话，另一个人总是抽着烟。"她笑得浅浅的，"我妈不说话，我爸狂抽烟。我姐在国外生活，没有办法那么快赶回来，所以在事发到我姐回来的这三天里，是我去处理所有相关的事情，包括不断跑警察局、医院、灵堂。我看着父母悲伤得没有任何能力做任何事，我知道我必须要咬着牙去处理。我姐一回来，我第一次感受到手足的力量，你真的会感觉到，她能分担你的悲伤，尽管你们都悲伤，可是有一个人能理解你是如何难受，在那个时候，是最大、最有效的安慰。"

我只是静静地听着她说，脑海里浮现出我三个妹妹的脸，我无法想象若失去她们中的任何一个人，我会是什么样子。真的，现在坐在台中火车站附近的咖啡厅里打着字，我都觉得自己还坐在昨晚她的小餐桌前，那样的悸动直到现在我已走回明亮的天光里，但只要一想到她说话的样子，一想到如果是我失去了一个妹妹，我就频频鼻酸，甚至感觉眼泪就要掉出眼眶。

"在灵堂和我姐一起折纸莲花的时候，我们聊了一些我弟以前做过的很蠢的事情，或是我们小时候相处的状况。有一个能理解你的伤痛的人在你旁边，那种伤痛仍然巨大，但好像离自己就不那么近了。直到出殡的时候，我妈要敲棺材三下，我看着她连手都举不起来，阿姨抓着她的手，她几乎已经倒在地上，那时候我才强烈地感受到，悲伤没有远或近，它就在心里，我妈妈心里是……是承受着多大的悲伤，才让她连站都站不稳……"她忍不住哽咽着抽了一张卫生纸，我用双手捂住自己的嘴巴，眉头深深皱着。

她说，后来她觉得那些纸莲花，还有那些仪式，不仅是为了好好地送走死者，还是抚慰生者："你会觉得，你还能为他做一些什么。可是当出殡之后、火化之后，那种伤心是不会停的，因为你仿佛从此，从此就再也不能为他做任何事了。"

她的弟弟离开后，她决定要生第二个孩子。她说，她希望女儿有个这样能分担悲伤的伴儿。儿子出生后没多久，她就发现丈夫的心不在家里了。起先他们分房睡，但最后，她不快乐，于是她决定离婚。

"他结婚的时候说，无论生活多辛苦，就算最后我们穷到饿肚子，最后一口饭他一定会留给我。然后，结婚十二年来，他真的从来没有把饭吃完过，最后一口，一定是我的。"她看着我，而我像看着自己的母亲，听她缓缓地继续说，"可是，这样的人，最后仍会离开你。你会给自己无数他离开的理由，但你不敢承认，你不被爱着。"

然后她离开了那个家，打了官司，带走了上小学的儿子。因为儿子从来没有跟她分开超过三天，所以她想，儿子不能没有她，直到有一天儿子生病住院，在她工作的医院里，她请了假，每天住在医院陪他。

"那天，我看见他坐在床上，看着窗外，没有表情，我走过去问他怎么了，他转过头来看我：'妈妈，为什么姐姐和爸爸没有来看我？'当下……当下我真的不知道怎么告诉他，我一直以为是孩子离不开我，后来我才发现，是我离不开孩子。"最后她跟律师说，把监护权给前夫吧，他确实是比自己有能力的人。

我没有想过我会想向她把这件事情问得那么清楚，因为我所想的是，当时父母分开时，他们是如何地对我和妹妹们说这件事的，似乎什么也没说，家里氛围的改变，让所有可能的变故都成了理所当然。

我记得当时我刚满十八岁，我们还在那个小小的四人的房间里，睡着上下铺。那天晚上我的第二个妹妹从床上坐起来，我听见嘎嘎的声响，她问我："姐，你满十八岁了对吗？"我也坐起身，点点头。

"**那你可以领养我们吗？**"她说完后，最大的妹妹也坐起身附和："对呀，你可以领养我们吗？"

"为什么想要我领养你们呢？"我边说边露出浅浅的笑容，但我们都知道那不是快乐的笑容，只是一种不想让自己面无表情的自我敷衍。

"我不知道我要跟爸爸还是跟妈妈。"其中一个这么说。而另一个说："我不想跟爸爸也不想跟妈妈。"

"可是如果我们都不要他们了，爸爸妈妈会很难过。"虽然我们都知道，他们的分开，不代表他们不要我们了，但我们总会不免去想，未来的日子，所有的形状，是不是都写着失去。在很久以后，我写过这样的句子："原来，在你们选择分开爱我以后，我也要分开地去爱你们。不过当时的我们，还不明白失去是什么样子。"

"那该怎么办？"她们又问。

"我们两个人跟爸爸，两个人跟妈妈吧。"我说。也许他们这样就不会那么难过了，我也不知道。我只觉得，还好我有三个妹妹。尽管这些根本不是我们能决定的事情，当时在同一个小房间里的胡言乱语，是我们世界里唯一的安慰。

我跟她说这些事情的时候，她只是静静地看着我，我看着她，忍不住想起好多好多那时候的一切，那远得像是别人的人生的一切。我笑着说："那时候最小的妹妹十岁，我记得她一直好安静，直到过年那一天，我的父母在爷爷家的厨房里大吵了一架，我带着妹妹们到爷爷家的后院。最大的妹妹和第二个妹妹只是无奈又沉默，只有最小的妹妹面无表情地发着抖，一到后院，她就跌坐在地上开始大哭，没有人能遏止和抚平的那种大哭。而我们三个姐姐始终是沉默的，我们没有开口告诉她，不要哭。尽管我们都没有哭。"

"每个人面对失去的方式都不一样，但我相信一定会好起来的。可是，也许有些人，一直到死亡，都没有好起来，他们只是没有等到好起来的那一天。"我说，然后她面带困惑地看着我，好像在跟我说，你太年轻。

后来，我和她在她家三楼的阳台上聊起小时候我跟我妹的相处。她点了一支烟，喝我们刚刚喝到一半的梅子酒，我们笑笑闹闹的。她说："你跟我想象中差好多好多，你跟你的文字好不一样，真的不一样。"

"如果要一直像文字里的自己那样活着，就太累了。"我说，然后我们继续笑笑闹闹，好像今晚是一场梦境，每一句话都能带我们回到过去的某一个场景，**那些有哭有笑的曾经，在此刻自己的心里，都是有重量的云淡风轻。**

我记得她点烟和大笑的样子。她说，怀孕前她本来要留洋念书了，家里都把钱准备好了，学校也都申请上了，但因为怀孕，所以人生大大地转了弯。

"可是如果再选一次，我仍会做这样的选择。因为我的每一个选择，无论是什么，我都知道自己要去全然地承受。这一路走来，我觉得我活得很认真，很认真地为我的每一个选择负责，所以我不后悔。"

看着她，我才发现所有在年轻里因为害怕受伤而有的迷惘和彷徨，都那么可爱又那么虚无缥缈。原来，再笃定的人生，也会有伤痛；原来，长大的情感关系里，爱是基底，不是追寻。

我看着阳台外的天空，整片都是橘色的。她说埔里的天空橘橘的，是因为全台湾百分之九十的茭白笋都产自埔里。

务农的人为了因应需求，晚上也会使用照明灯让茭白笋以为现在是白天，不要忘了继续生长，所以埔里的光害特别严重，没有星空。

"我觉得茭白笋很辛苦，白天要长大，晚上还要继续长大，好像都不能停下来。"她边说边笑，那一刻，我觉得我们都像是茭白笋，只差在不是世界需要我们，而是我们的未来需要更好的自己去担起。

隔天，她一早就去上班了，留下一份早餐给我。我在她的小餐桌前，从冰箱拿出牛奶时，看见冰箱门上她和女儿的合照，她看起来像姐姐，还有一些食谱。她真的如她所说的，在这些坎坷的日子里，始终如一地认真迷惘，认真笃定，认真活着。

走出她家时，她男朋友在一楼做蛋卷，面粉的香味烘得整个房子都是，很暖和。我跟他说了声再见，然后拉着行李箱从小巷子离开。我回过头又看了一次她的家。这个地方，我只用几个小时前来，而她却走了三十五年才走到。

埔里的阳光热热地晒在我的肩膀上，我忽然觉得自己普通得好富有，忽然很开心自己写的不是名人的成功故事和伟大，而是普通人的烦恼、普通人的向往、普通人的人生，那让我也感觉到自己的普通，这样的普通，因彼此相遇而富有。

经过一个黄色铁门的小屋子时，我停下来拍了那间房子。传给她的时候她说，这里面住的是她的朋友，一个可以跟宇宙对话的六十岁的女人，非常可爱。我看到这句话的时候，已经搭上离开埔里的客运。我想起昨天晚上的一切，橘色的天空和她爽朗的笑容，她也是个可以跟宇宙对话的女人哪，我捧着手机淡淡地笑了。

二〇一六年十月二十六日，我遇见了一个大我十一岁的母亲，她离了婚，有两个孩子。她说，在她离婚时，朋友说，结婚这件事，其实嫁给谁都一样，十年后，一样没话说。

"她觉得我要得太多了，可是我要的只是快乐，我愿意背负生活里所有的沉重和伤痛，但我也想要快乐，哪怕一点点也好。"

看着现在的她，我好像明白了长大的快乐，不是没有伤痕，而是负着千疮百孔的灵魂，把自己释怀。

谢谢这趟旅程里遇见了她。她说："你真的是女孩，你还是个女孩。"我笑着看完她写的关于我的段落。是啊，我还是个女孩，如果有一天我也成了家，有了孩子（我一定要有自己的孩子，当她说着孩子如何地改变了她的人生观，我想起了凑佳苗在《绝唱》里写的《太阳》），如果有一天，那一天，我三十五岁，希望当我回过头看着自己有失有得的人生时，会感到踏实和饱满。

08 整个世界都是掉在
地上的星星

城市里的人们都是掉在地上的星星，
活得一闪一闪，多远看都亮晃晃地拥有着光明。

　　我以为这三十天会过得很快，就是那种想象中的很快的快，可是过着过着，事实似乎不是。在每天重新净空自己，遇到下一个人，重新填塞自己，净空、填塞、再净空，再填塞的过程里，这趟旅程似乎比想象中长。

　　因为前一晚的小房东临时无法让我留宿，于是我有了个小小的空当，室友帮我订了青年旅社，总觉得是老天爷感觉到了我的状态，希望我能好好休息一阵。我一直揣想自己觉得这趟旅程很长的原因，明明每个晚上都觉得特别短，每天早上醒来都像做梦，每一个道别都觉得有点恍惚，不太真实，但当自己一个人的时候，就会觉得，呼，好漫长。因为每一个晚上遇见的，不是一个人，而是一个世界。所以，不知道是不是自己装了太多的世界，遇见她时的我才会有点疲倦，但其实早上睡得很饱了。

　　我甚至有些内疚，因为在和她相遇后的第一个小时里，我觉得自己有点严厉。

　　她开心地在斗六火车站等我，一见到我，就露出漂亮的笑容。她带我去吃烹小鲜，听说是斗六有名的店。这一路，我的话不如前几天多，可能是和自己花了些时间想了些事情有关。

这趟旅程里，好像小小的事情，都会被放大。无论我是如何的安静，她仍开朗地迎接我。为了不让自己失神，我发挥了比平常还要多的观察力，拼命在观察她是一个怎样的人。

"你是不是一个不容易生气的人呀，我是说，就算真的生气了，你也只会闷在心里，不会说出来？"我看着她，她似乎对自己不是那么有自信。她有点害羞地看着我："你怎么这么快就发现了？"我不好意思跟她说是因为我怕自己恍神，所以很努力地在观察她。

也许是一开始不知道如何起头，她很可爱地先说出了很多自己的烦恼，比如她刚升大三，不知道自己未来要做什么："我不知道自己喜欢什么，好像什么都可以，可是又好像做什么都提不起劲。我妈要我去考公务员，因为那个工作薪水最稳定。我本来想说也许可以尝试看看走设计或摄影，可是……那一开始的薪水很低又很累，我妈应该不会同意，我也不想……所以，我应该还是会去考公务员吧……"

公务员，是我一辈子都没有想过自己会做的职业，尽管我的父亲是个公务员。

"你要找到一件自己有热情的事情呀。"我有点情绪。不知道是不是背着对自己的期待走得太久，久得觉得别人心上也该要有一件被他自己期待的事情。可是等我意识到的时候，这句话已经脱口而出了。她似乎有点尴尬地看着我。

"可能……父母的话也不能不听吧……"

"可是可以适时地反抗并争取自己想要的吧。"我说。

"可是我不知道自己想要什么。"她说。

我们沉默了一会儿。其实我只大她四岁。我没有资格这么严厉地对她说话，甚至，我连自己的路都还没有走稳、走得清楚，这些话，凭什么？！我有点对自己生气。人好像常常会因为自己比别人多了一点什么，就觉得自己高人一等，我不喜欢那样的感觉，可是忽然，不知怎么着，我好像就变成了自己讨厌的人。我想到朋友也曾问过我的：人一定要有梦想吗？小时候我很肯定地跟她说，当然要呀。长大后我跟她说，不一定，如果你的生活是你选择的，是你想要的，那就好了。

可是那一晚看着她，我却突然说不出那样的话，我觉得某个地方一定存在一个症结。

"我知道世界上有无限的可能，可是那些可能，好像都不是我的可能。"她说，"因为我不知道自己想要什么。"

"也许，所谓无限可能的前提，是你要先打破很多的框架，社会对你的期待、父母对你的想象，还有你对自己的不知所措。"我缓缓地说，像找到了答案那样看着她，用缓和的口吻，我松了一口气，觉得那些尖锐的情绪轻轻地溜走了。

"我不知道你喜欢什么，所以也不好给你这一类的建议，可是，现在的我觉得，如果迷惘了，就要找一个目标，如果你没有目标，也不迷惘，那就另当别论。我指的目标，是我刚刚说的那些框架之外，只属于你自己想做的事。"

她轻轻地点点头，我挺喜欢她可爱的刘海儿，有一种正在过渡的平凡，像是有一天会带着她变成另外一个人。

一进到她房间的时候，我的目光就被她墙上贴满的明信片吸引。我忽然觉得她并不是一个如她所说，不知道自己想做什么的人，也许只是没有那么明确，但其实都有迹可循。她有一面墙，都是蓝色的。

"因为我很喜欢海，也喜欢拍照。"她说，"但也不像那些摄影师那么厉害，只是单纯地喜欢而已。"她笑得浅浅的。

"我发现哪，每个人都很平凡普通，可是每个人的房间里，都能在某一个角落看见他与世界无关的执着。"我看着她，也露出笑容，"这就让你变得不普通啦，你要有自信一点。你知道我房间墙壁上贴的便利贴，根本都不会排排站好，超级乱，你还会这样把它们排好，我很羡慕哪。"

她的笑始终淡淡的。我想起要写她的故事时，一直想着我会不会把她写得太普通，一如她总是挂在嘴边的"我觉得自己很不特别"，可是后来，现在的我坐在青旅的小角落里，觉得人生的样子没有定数。她所说的、所想的、所烦恼的，是无数像她一样的女孩都会有的、在关于感情之外的烦恼。

我想起最大的妹妹张凯曾经很严肃地跟我说："像你这种知道自己要什么的人，不会懂我们的心情。"

"可是我也会怕自己到不了我想去的地方，做不好我想做的事。"当时的我有些生气地这么回应。其实到现在，我心底仍不知道，是找到目标困难，还是达成目标困难。还是这根本也无从比较，只是我们活在不同的躯壳里，有不一样的灵魂，于是有不一样的人生。

是不是有时候，我们灵魂相互羡慕，身躯却行尸走肉，但那样太狼狈，所以我们会用很多巧思把自己乔装得其实过得还不错，遮掩那些足以让自己重心不稳的迷惘。

　　隔天早上，她早起准备了早餐，并跟我分享她其实有一个专门分享早餐的 Instagram，而有好几个也会在 Instagram 上分享早餐的朋友会一起约出去吃早餐。我在想，那应该就像这一年来在 Instagram 上兴起的手写风潮，那些字友也会相约出去彼此认识、聊聊天吧。我透过她的日常，看见了，无论我们活得多平凡简单，都免不了依循着科技的发展，走在它们之上，却仍感到无助彷徨。

　　那天晚上我们笑笑闹闹，喝了蜂蜜啤酒，漫聊了很多简单的事。后来她在早起写给我的信里提到，她原本想和我聊的是她的感情故事，可是不知道怎么着就聊起了生活和未来，还有那些看起来渺小，其实却是每个人都会遇见的烦恼。那些烦恼在城市里，变成一种自然的光景，让每一个在城里的人，都觉得自己微不足道。

　　我想起几天前在某个小房东的顶楼拍下的夜景，然后缓慢地在备忘录里打下了这一句话，分享到 Instagram 上：

　　"城市里的人们都是掉在地上的星星，活得一闪一闪，多远看都亮晃晃地拥有着光明。"

　　一个读者在照片下面留言："张西，六十石山上的金针花也是掉在地上的星星（笑）。"我想起那张暑假张凯带我去六十石山拍的金针花，确实，那天我是这么写的。

"对呀。我想世界上有很多东西都是掉在地上的星星，只是碎成不同的形状，变成不同的存在。"然后我这么回复。

再回过神想起她的时候，我觉得她就是众多星星碎片中的一块吧。我们都是，整个世界都是。所以我们常常因此觉得自己与别人并无不同，可是每一块碎片都在我们来到这个世界上，在撞击地球的时候，碎裂成不同的形状，于是每一种生活、每一种样子，都是独一无二的。这样的我们，始终会亮晃晃地拥有光明。

二〇一六年十月二十八日，我遇见了一个简单的女孩，道别后，我拥有了简单的一天。世界的复杂与纷扰，似乎没有靠我那么近了。日光缓慢地转移，一天一天，一年一年，等有一天我们长大了，也许我们会很想念，二十多岁的烦恼，那么可爱，那么一去不返。

其实这一天，还发生了另一件事。

记得是告别她后的几个小时，我收到 S 传来的讯息："我真的觉得这趟旅行，也许能成为一个小小的出版企划。"其实她在我出发前就问过我，但被我拒绝了。那天收到这个讯息时，我没有马上拒绝，反而问她为什么，我很好奇她怎么会在几天之后又这么说。

"我好像看见一个不一样的你了。"她说，"这些天，你遇见的是平常、一般人不会让别人看见的自己的私领域。如果要我让陌生人来我家住一晚，我会考虑很久，然后最后可能还是拒绝。一扇门打开，那里面的世界是很私密的，不是每一个人都可以进去。"

其实 S 传讯息来的当下，我还在想，哪有可能这么快我就被更新了。可是仔细想想，**每一天晚上，都是一扇门，每一扇门后，都是一个宇宙。**

十月的中部还是很闷热的，我的公交车经过闹区，刚好遇到了红灯，公交车停在第一辆，我看见附近的学生大群大群地走过斑马线。每个人都一样。这是我看到人群的第一个反应。真的，每个人都一样。如果不是外显得特别明显，比如穿着全红或是浮夸的装扮，每个人都一样。有一瞬间我觉得长大的过程里常听人们说的那句"每个人都是独一无二的"是一席谎话，每个人都不一样的时候，每个人就都一样了啊。所以我们的不一样是在哪里呢？我努力回想这几天我所走进的小房东们的家，我想串联起每个人都不一样的共通性，然后我发现，每个人，在自己的私领域里，似乎都有一个自己最自在，或是说最喜欢的角落，能盛装嘈杂生活里最单纯的幸福感。

比如她喜欢阳光洒在粉红色巧拼上反射到墙面的粉红色光线；比如她的冰箱上有排列整齐的食谱和照片；又比如，前一晚的小房东的房间里，有一面墙贴满了海的照片。

我们常说的"每个人都不一样"，就是不一样在这里吧。

在自己的世界里，在那些走进前需要自己允许的门里面，其实都有一方角落，不因别人的眼光而存在——因为不是每个别人都能看得见，也不因任何人的喜好而落成，它依着自己的个性，有着无须向他人解释和负责的样子。

它纯粹得有一种完整的力量，足以抵抗世界，足以和宇宙对话。

离开那天，离开那班公交车、那一幅街景和那样的人群后，我再次想起 S 的那番话，忽然觉得，如果有机会能把这样的感受记录下来，甚至变成出版的计划，也许是可行的吧。当然，这样的矛盾也经历了一段时间，后来，才在一连串的挣扎中，被旅行后的自己说服，也才有了这样的一本记录。

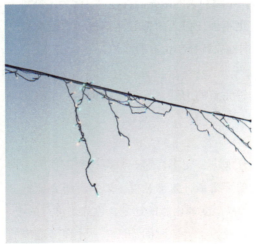

也许我们会很想念，

二十多岁的烦恼，

那么可爱，那么一去不返。

09　烟花

愿我们年轻的开朗，
能沿着日子，走成年老的豁达，
笑声一如既往，不怕复杂。

"我觉得最震撼的是，她过的不是我们向往的人生，她的遭遇不是我们会羡慕的遭遇，可是她却很快乐。她喜欢她的人生。"

我坐在她的床上，她在地上铺了好看的巧拼，她的妹妹在浴室洗澡，我和她分享着几天前遇到的三十五岁妈妈的故事。她听得很入神，眼睛一闪一闪的。

其实这是我没想过的场景，故事会叠加，我不是第一天的自己，不是用第一天的样子和心情独立而分开地遇见这些愿意让我留宿的陌生人。每一天，我都是叠加过后的自己，所以忍不住会把他们稍稍做比较，在一个人的时候，想起一些自己印象深刻的小事。

这个晚上，大概是整个旅程到目前为止，我笑得最自在的晚上，甚至好几次都笑到流出了眼泪。

"其实我刚刚在想，我们说了这么多不是太完整的故事，或是说，不是那么多太深奥的事情，你会不会很难写？"她有点腼腆地看着我。我轻轻皱眉，然后摇了摇头。"不会啊。"我说，其实当下我已经想好自己要记录的是什么了。

会选择她为我的小房东其实很简单，因为她在这个活动的报名表上，想贸易故事的原因那一栏写着"十月二十九日是中正大学校庆，会有烟火"。烟火！当下我看着这两个字，就觉得一定要去。我上一次看烟火是今年跨年时我跟杨环走在台北的信义路上，从一个远远的地方看着一○一放烟火，再一起走回当时我在大安的家。

"烟火"这两个字时常出现在我的文字里，甚至我做梦也很常梦到，可是这一次看烟火的经验却是我最喜欢的。

她和妹妹把我接到中正大学的田径场，前面的台阶上有一些布置好准备要点燃的火药，我们坐在操场中央的草地上等待。那时候心情还没有那么激动，很多人拿着手机准备要摄影，我也是。烟火开始的时候，我拿着手机频频录像，生怕录不到好看的样子，所以只一直盯着手机小小的屏幕。不一会儿，我觉得应该要看着天空，于是我收起手机，余光看见她和她的妹妹也望着天空。**烟火离我们很近很近，好像每一次"砰"一声都会变成一个很大的拥抱从整个天空那样拥抱自己。**十月底的嘉义已经逐渐转凉，风轻轻地吹，人很多，可是每个人都好专注。我跟她说，我好喜欢这种感觉，像庆典，大家都在期待同一件很美好的事。她笑了笑，她的笑容是很开朗的，和她的妹妹一样。

每次听见她们两个人的对话，都会让我想起我和张凯还有我的另外两个妹妹。如果说旅行会让人想念，我是相信的，因为我们从来不会知道自己会在哪个转角看见熟悉的光景，好比我遇见她们。

她的妹妹说，姐姐第一次领摩托车的时候，打电话给她，问她有没有空。当时妹妹正在跟朋友吃饭，并且等等还有约，所以姐姐只是对她说："没有啦，我只是想要我的新车载的第一个人是你。"

"我听完马上在学餐飙泪，我跟我朋友说等一下我不去了。我马上搭车冲到嘉义找我姐。"妹妹一边笑着说，一边比手画脚。她们是那种很容易被彼此逗笑的姐妹。看着她们我总会想，别人是不是也是这样地看着我和张凯。

她们轮流去洗澡的时候，我们反而比较没有那么笑笑闹闹。怎么说呢，跟她们一起讨论那些生命中荒谬又好笑的事，其实很放松。我当时就想，我们在面对一个陌生人来到自己的私领域时，都有自己的一种样子，我们的相遇，会先用自己最自在的方式应对，而每个人的自在或开口的契机与内容，其实都能微妙地反映出他是一个怎样的人，还有他现在的生活状态。

原本我总会期待，一个晚上能看见一种日常，那就再好不过了。我像一个小小的旅人，看着他们切片的生命，然后我又走了。他们的生活继续着。遇见这对姐妹时，我才感觉到，每个人的一天，在生命里都是可以被扩散的一个点，每一天都藏着玄机。日子里面藏着很多的秘密。

"愿你始终开朗，笑闹一生包容所有遗憾。"这是我写给她的妹妹的话。然后我写了这么一句给她：**"愿我们年轻的开朗，能沿着日子，走成年老的豁达。笑声一如既往，不怕复杂。"**

我喜欢她们给我的感觉，在自己的一方角落，用自己的方式，爱着彼此，一起前进。打着这些字时，我一直想着那天晚上坐在草皮上看着烟火的我们，幸福感从心底像泡泡一样咕噜咕噜地一直冒出来。我想，她们也是这样的人吧，因为有足够澎湃的爱，才足够她们彼此扶持走上更远的路。

二〇一六年十月二十九日，遇见她们，像是休息。然后意外的第二天，我又有个小小的休息之旅了。觉得自己开始有些浮动，却都是旅行的痕迹，谢谢这些痕迹里有她们。

每一天都藏着玄机。

日子里面藏着很多的秘密。

IO 变数

所有的变数都是试炼，
也都是缘分。

　　这天是抵达台南的第一晚。小房东在来接我的路上出了小小的车祸，于是这样的意外，让我又多了一个独处的夜晚。那感觉挺奇妙的，好像有什么在浮动，一切就都会不同了。

　　手机在上火车没多久后就快没电了，于是我关了网络，把手机收进口袋。我缓慢地去吃了晚餐，买了一杯木瓜牛奶，走到临时打电话订的火车站附近的青旅。这一晚一切都像飘浮的。找不到一个原因，就觉得自己好像掉到另外一个时空里，不在自己想象或规划的地方，做一些不在想象和规划中的事（或成为不在想象和规划中的人）。就是一种自己对变数的无能为力和懊恼。

　　后来，收到小房东给我的照片，我忽然觉得，所有的变数都是试炼，也都是缘分。**本来想用命运来形容变数，可是命运太沉重，而缘分轻轻的，听起来是很温柔的一种彼此联结的关系。**

　　"我在成为别人的变数的同时，别人也在成为我的变数，于是我们在同一个方程式里，没有明确的运算规则，爬到山头等结果吧，或是等天亮。此刻我们先一起看星星。"

II 月亮心脏

在庸碌和庸碌之间，
热一杯牛奶，坐在草地上，
想一些无关紧要的琐碎小事，
烦恼一些无从解决的烦恼。

坐在台南火车站附近的某个角落，早上体验的那些冒险设施到现在还意犹未尽。前一晚遇见的小房东，是一个在度假饭店工作的活动企划专员，她住在饭店的员工宿舍里，今天一早我很荣幸地有机会能体验饭店里面的一些游乐设施。

要离开的时候她问我最喜欢哪一个设施，我说，高空漫步里，我走最久的那一段。高空漫步是一个三层楼高的设施，总共有四段（四种不同的绳索捆绑方式），绳索下完全腾空。我要绕一圈把四种绳索的组成都走完才能回到原点。我走最久的那一段只有一条绳索，头顶上方平均挂着五条麻绳，通行的办法是拉着麻绳像螃蟹一样侧着走在绳索上，想要前进，就要很勇敢地放掉已经经过的右手的麻绳，然后伸出左手去抓左边新遇到的麻绳。

"接下来，要走完这一条路的唯一秘诀就是，要勇敢地放手。"

这大概是跟她相处的十五个小时里，我印象最深刻的话了。她笑着说完后，开始进行行走的示范，看似非常轻松，像她说的那样，放手、前进、放手、前进，直到走到空中的中继站。

"可是那条路你走得最久，而且你一直晃又站不稳，你不是很害怕吗？为什么会最喜欢？"

"因为我跟自己说了最多的话。"我说。她是看得见的，在三层楼高的地方，只踩着一条跟我的食指一样粗的绳索，我每放手一次，都要深呼吸，跟自己说，好，现在要放了；每想要抓到下一条麻绳都要屏着气，跟自己说，我的手够长，一定抓得到。总共四条路，我大约走了半个小时，但光那一条我就走了十多分钟。

其实从她的言语里，就可以感受到她灵魂的气息，她是一个非常真切的人。

前一晚遇见她时，她很有礼貌地上前问我："你好，请问你是张西吗？"然后礼貌地进行自我介绍。她的语速总是慢慢的，有一种很可爱的腼腆。我们骑了很长一段路，终于来到山里的这间饭店。梳洗过后，她说，我们可以到游泳池边聊天。想起来就挺浪漫的，我马上答应了。

本来我在懊恼，该怎么把她的故事写下来，就像写前几篇日记一样，但现在我却更想写一些我直观的感受，把情节藏起来。

其实自己也一直在想，我不需要在很多时候都很有意识地思考或反省，可是生活中总会有一些事情让自己不得不深刻，比如我真的差一点脚就滑下去，虽然知道有着能承受一千公斤的扣环在保护我，但仍觉得只要自己不够冷静地跟自己说不要怕，我就还是会怕。后来，在离开的路上，我的世界一直很安静，始终在想那十分钟。

我的旅程似乎乱了步调，更晚地与小房东们见面，因为需要更多时间沉淀和书写。在前两次意外地独自入睡之后，好像变成了第二趟旅行，用另外一种方式，去看前几天的自己，和接下来会遇到的人。现在我再次想起她。

她是个很可爱的人，每天晚上她都会念一篇我第一本书《把你的名字晒一晒》中的文章给室友听，尤其是当大家那天受主管责骂，或是台风袭来心情特别郁闷的时候。有一次室友偷偷地听到哭，她害羞地笑着说，觉得自己能通过这样的方式给别人力量，很温暖。其实写到这里，我感觉到自己的心好热，眼眶也是。

前一晚睡前她说："谢谢你推荐了林达阳的《慢情书》。"她因为我的推荐于是去买了，然后她看到了林达阳笔下的 S，心头一震，觉得那就是她的书，因为她的心里也有一个 S。我看见她的脖子上有一条项链，上面写着"宋珍希"，我想那就是她的 S 吧。一个来自韩国的女孩，与她在意外的年华里相遇，这一牵绊，就是一生。她是这样看着我的，好像把所有的秘密都给我了。

我忍不住跟她说："你有一颗像月亮一样的心脏，总是能从别人的牵绊里闪闪发亮，这一路走来，你已经坑坑疤疤，却仍有漂亮的光芒。"她笑起来很漂亮，是阿美族深邃的五官和单纯的思想。

回到她房间后，我问她能不能翻翻桌上那本小小的李屏瑶的《向光植物》，她笑着点点头说她也很喜欢那本书，那是一本在说女生喜欢女生的故事，就和她一样。她喜欢女生，可是她也是个女生，会早起跟我一起涂涂抹抹，把自己弄得漂漂亮亮的女生。

"我觉得别人问我我是偏向男生的女同性恋还是偏向女生的女同性恋，就还是用两性在定义我。我都不是啊，我是我自己。我喜欢女生。就这样而已。"

后来，每想一次她说的这句话，就觉得很有力量。

她在早餐的时候拿着《把你的名字晒一晒》，问我她看不懂的那一篇——《龟兔不赛跑以后》。她很认真地问了我其中一句："为什么你会写'我们本来就不是童话，我们是在生活'，它们不是童话故事里的角色吗？"

"噢，"我露出笑容看着她，"我想说的其实是，我们会很容易把自己想象成童话故事里的角色，尤其是在极为幸福的时候，觉得自己好像终于走进那种幸福洋溢的童话里了。但其实我们不是，我们是平凡的普通人，我们若拥有幸福，也仍是在生活。"

她坐在我前面，又看了一次，缓缓地说："嗯，我好像看懂了，谢谢你。"

"不客气。"我露出笑容。

看着她和同事们在那个度假饭店里打扫、晒着太阳，看着远远的关雎，听他们说这里四五点的风景，还有飞过的燕群，前面是曾文溪。我觉得自己离台湾很近。好像离开了台北，离开了见不到这样山河的城市，我才看见自己所在的土地，拥有摩登以外的风景。这样的景致，在漫漫的时光里，好像有着走得比台北的人们更缓更慢的生活，也许那不是我的，或我所知道的大多数人所谓汲汲营营的追寻，可那也是其中一种，在我生长的这块土地上的生活方式。

二〇一六年十月三十一日，旅程满十二天，南台湾的晚上也逐渐转凉，需要穿上小外套。

"有一种时光是这样的，在庸碌和庸碌之间，热一杯牛奶，坐在草地上，想一些无关紧要的琐碎小事，烦恼一些无从解决的烦恼，感受自己的平凡，然后把自己放走，见证自己的勇敢。"

我在和她道别后的客运上写下这段话，这是她给我的感觉。我一直想着她教我的，要放手才能前进，完成一条自己选择的路，尽管路途中感到后悔，也仍要走完它，这样过程里的挣扎和突破，在终点都会换得一个爽朗的笑看当初的自己。就像她的月亮心脏，所有的伤痕，都变成继续生活的力量。

想着要去见下一个小房东，又是一扇窗、一个世界、一种日常。忽然觉得啊，当这趟旅程结束的时候，我应该会忍不住哭出来，谢谢这些人，在我的不同状态里，都是那样地信任我，把他们生命的某一部分，用一个晚上的留宿，分享给我。我不是时时精神饱满，也没有时时乐观开朗，每一个我，遇见的每一个他们，都那么独一和深刻。

写到这里，鼻子有点酸酸的，谢谢这一晚能遇见她，好像在另外一个世界里，走着不同的路，却在一样的语言里，遇见和共享漫漫的天光。

　　我们经过彼此的人生，用一些简单的言语交错和拥抱，然后相视一笑，此生也许再也不见，却也不遗不憾。

"接下来，要走完这一条路的唯一秘诀就是，
要勇敢地放手。"

I2　再见，小可爱

每个人都在找答案，用不同的方式。

可能到死的最后一刻我们并不遗憾，就是答案了。

难得六点半起床吃早餐，因为要配合她的上班时间。

她是一个来自苗栗的工程师，二十八岁，与交往五年的男友分手刚满三个月，换工作刚满一个月，正在很多的煎熬里。

她在台南的住处是公司提供的员工宿舍，但宿舍规定除了一等亲以外不能夜宿，于是她订了附近的一间小商旅。在火车站见到她的时候，有一种看见了人们将近要三十岁的样子。所谓的人们，大概就是我简单的脑袋里所能想象到的，每个人都会有的三十岁以前会有的样子。我也不确定能不能用她来概括我所遇见的近三十岁的人的样子，那离我有点远，又有点近。

所以其实，起初我有点怕自己不知道要和她聊什么。遇见比自己年轻的，或是跟自己同龄的，会觉得像朋友，遇到几天前的三十五岁的妈妈，会觉得她所有的困惑也都不是困惑，她已经走出自己人生的样子了。可是一个二十五岁至三十岁的人，好像有着我还没体会过的烦恼，比我先走了一些我还没走过的路。就像我们正排成一列要一起通过一条漆黑的隧道，走在前面的人，看似离出口比较近，却不一定比较坚定。

不过后来，在我们的漫聊里，我发现自己的担心是多余的。她像那种故事里的傻大姐，走路很快，会很认真听我说话，很认真地困惑，笑起来很豪迈。然后，我意外发现我们身上有着很像的经历。这大概是这趟旅行里，我第一次这么直接地说着与某一任前男友分开的细节。那是很久远的一件事了。但当她在说她的故事的时候，那些相似的感受我仍记忆犹新，却像是隔着一层厚厚的纸，无法真的弄痛我，或是让我有其他悸动。我说起他的时候，就像在说一个别人的故事，没有特别的情绪。

"也许很早就有征兆，只是我没有注意到。"她说。我点点头，看着她，也想起了当时我所忽略的那些蹊跷。然后，我看见了我和她真正的不同。

"我的青春都在他身上了。我快要三十岁了，我觉得三十岁是一个坎，我不想要到那时候仍觉得自己什么都没有，我想去寻找其他的可能。"

年轻的我，拥有过几段感情，觉得自己仍可以再受伤几次，仍会把感情考虑进未来里，或是说想象进未来里。我知道自己有舍不下的追求，只是在这些追求之外，我仍对爱情有着期待。我不知道她是不是，但我从她的言语里看见，她像是来到了一个要和小时候的自己道别的地方。人们说的二十岁到三十岁的黄金十年，有一半在这个男孩身上，一段恋情的结束忽然变成一个阶段的告别，在刚刚好的年纪，一切重新开始。

她离开台北，一个人来到台南。现在的她对一切都不适应，总为自己的平凡彷徨，不想只是父母眼里所期待的工程师，却还摸不清楚自己喜欢什么、想要的人生是怎样的。尽管如此，她仍一边困惑一边前进。我觉得这是棒的事，因为可怕的是一在彷徨中停下来，就误会那是不可抵抗的死角，再也无法转弯甚至前进，于是庸碌一生，活在那样的角落里，看着一小片蓝天，许永远完成不了的愿，当作温热自己的小确幸。

"所以就算找不到自己真正喜欢的事，也不能停止寻找。我觉得人生的无限可能是对很多事物有很深的敏锐度，或是说想象力，从这里面发现好多的可能，然后也许有一个，就值得我们用一生去追寻。我们真正喜欢的事情，或是真正想完成的事，从来不是立竿见影的存在，说了就会发生。"我看着她，想起昨天在度假饭店里的女生，她读着我书里的那篇《小幸运》：

"我问你噢，你觉得每个人都一定要像你一样，有一件自己喜欢的事，有一定要完成的梦想吗？"曾经有个朋友这样问我："我的梦想不能只是把每天的生活过好吗？"

如果是以前，我会大声地告诉他，不，人一定要有远大的梦想，那是我们活着的动力，我们眼睛闪闪发亮的原因，怎么可以没有梦想？但是，还好，当他问我的时候，我已经不再这么想了。

"我觉得不用。"我看着他，沉默了一会儿，他一脸像是觉得我在骗他的表情，于是我继续说，"我觉得重点不是在我们有没有梦想，而是我们有没有培养自己拥有选择的权利。如果把每天的生活过好是你的选择，当你真的做到了，安安稳稳地生活，你不去执行伟大或热血的事也无所谓啊，因为那是你的选择。而我选择坚持我喜欢的事，选择天真地做梦，选择尝试一步一步慢慢实践。我们的差别不是有梦想跟没有梦想，而是选择的不同，仅此而已。"

但是你知道吗，我们有多幸运，我们处在的家庭背景和环境，让我们能安然地培养自己选择的能力，社会上有多少人，无法选择，对于现实的无奈只有无数无数的不得不。当那些条件相对优渥的人喊着我们应该相信善良、相信梦想的时候，其实已经是站在多少的幸运之上去挥舞生活的旗帜。

我把其中这段文章分享给她，她静静地看着我："我好像有点懂了。"

看着她，我莫名地就相信，她不会让自己停下来，我的意思不是她会永远热切地前进，而是明白所有的停留都是暂时的，她会找到自己生命里的主干。

"我总是想，我是不是思考得太少，看的书太少，让人生好像没有足够多的东西能成为我的主干，可能是中心思想、自己所相信的核心价值或愿意花一生去完成的事。"坐在小商旅的双人床上，她是这么说的。

"虽然有想要的人生，但这个问题是没有答案的。"她说。

"每个人都在找答案，用不同的方式。可能到死的最后一刻我们并不遗憾，就是答案了。"我说。

其实我也不知道对不对，对我来说，二十初岁的小女孩和二十八岁的大姐姐，有着几乎一样的烦恼，但好像又不一样，年龄似乎变成一种不可抵抗的捆绑，把自己捆得越多圈，就越焦虑，越无法动弹。

我想起她说为什么她会来参与这次的活动，总觉得特别奇妙。她并不是追踪我的文字很久的读者，真的，一切都只是因为她想要给自己更多的尝试和可能，于是她报名了，于是我们相遇了。她笑着说："你会不会觉得很荒谬，今晚跟一个大姐姐窝在一间小商旅的房间里，听她随便说一些她的生活？"我笑着点点头，说："其实我已经逐渐觉得这趟旅程蛮疯狂的，所以现在这很像一场梦。"果然，我现在打着这些字，那一晚就像梦一样，我仿佛还记得她的声音和笑容，但我们已经回到自己的生活里了。

吃早餐的时候，她皱着眉苦笑着说："我知道你本来是想去住报名这个活动的人的家，去参与一个人的生活、看一看他是怎么样的人，我带你来住旅馆是不是就违背你的本意了？实在好抱歉噢。"

"不会呀，选择这里也可以看出你的生活方式和你是个怎样的人呀。"

她笑了笑，把她剥好的柳橙放进嘴巴里。商旅的早餐是自助式的，她的盘子里装了一点肉丝和青菜，炸花枝上面淋了一点油醋酱，还有几片柳橙，她倒了一杯热咖啡和一碗麦片。我的则是肉松、酱瓜、腌竹笋、一碗稀饭和一碗麦片。我把最后一口稀饭吃完，然后笑着说："就连早餐也会说话呢，不小心就透露了一个人的习惯和秘密。"

"你很习惯吃中式早餐吗？"她问我。

"没有耶，但小时候常吃，现在一有机会就会想吃。"

"我也是小时候常吃，但后来习惯不吃之后就几乎没有再吃了。"

忽然就看见了自己的念旧啊。

我们在七点半离开旅店，不知道是不是没睡饱，我搭上了反方向的火车，慌张下车之后来到了极为偏僻的一个车站，坐在老旧的白色塑料椅上记录着那一晚。风凉凉的，很喜欢这样的早晨。觉得特别喜欢自己今天身上的颜色，很秋天。

不知道我二十八岁的时候会有什么烦恼，会成为什么样的人，会不会也走去了要跟小时候的自己说再见的地方，要把一些期待舍下，要把一些恒常的现实当作生活的基底，**然**

后回头看着带着这些向往走到这里的自己，如此纯真可爱，如此不可挽回和保留。

"再见，小可爱"是我的这篇日记写到一半，忽然冒出的标题。如果二十八岁的我是这样和自己道别的，转身之后，应该会更勇敢吧。

二〇一六年十一月一日，台湾似乎要正式地进入冬天了，我传了讯息跟室友说，好奇妙的感觉，我离开的时候是夏天，回去后，就是冬天了呢。这几天台北的很多朋友都传讯息叮咛我，天冷了，要多穿一些。不过台南仍暖暖的，现在穿着薄长袖很合适，中午的话还有点热，跟台北很不一样。噢，台北，我生活了近十年的地方，忽然觉得它是一个离我好远好远的两个字。

我觉得重点不是在我们有没有梦想，
而是我们有没有培养自己拥有选择的权利。

I3 鸽子

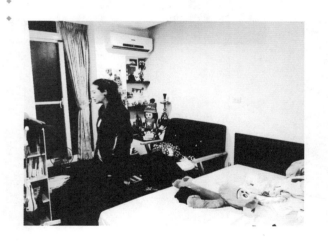

每一天，都把阳光剁碎，
重复煎一个自己的名字，正面和反面，
当早餐，当晚餐，
当零碎的一生里，最好看的眉角。

"干,林北觉得每次走在街上,柏油路都在看我,但它根本不知道我走的每一步,都在死掉。"

她躺在我旁边,顶着一头漂亮的自然卷,身上盖着小小的毯子,我看不见她的表情,但我可以想象得到,虽然直到现在,我们相处还不满五个小时。这五个小时,好像就改变了我很多的地方。我想起长大时长辈们最爱说的那句话:"世界很大,大得超乎我们的想象。"但事实是,只要我们不曾见过所谓的世界,就无法完好地想象甚至理解这句话。而世界可能只是一种与我们截然不同的生活方式。遇见她,就有这种"原来如此"的感觉。

第一次见到她的时候,我有些吓到,她不笑的样子很凶。她骑打挡车来载我,一身黑色的外套和牛仔裤,扎着高高的马尾,一双圆圆的大眼睛。这趟旅程有一个有趣的地方是,他们总会认出我,而我也总会认出他们。其实我会惯性地在见到他们的几分钟后偷偷地揣测我们认错彼此的可能,不过目前为止还没发生过。

她带我去吃台南好吃的牛肉汤,也介绍了一些台南有名的需要排队的店家。我有一种她是地道台南人的感觉,好像台南的大街小巷她都走过。不过她不是台南人，她来自嘉义。**"我需要跟我妈保持一定的安全距离。"**她说，"嘉义到台南，挺安全的。"我坐在摩托车后座大笑了几声。那时候我以为，这是一个很普通的二十三岁的年轻人，不想待在家里，想在外面打拼的理由。后来才知道，我的想象根本把自己框住了。她过着我完全无法想象的人生。

她有两个妹妹、两个弟弟，她口里的"我爸"并不是亲生父亲。母亲在生下她后不到一个月，就与她的生父离婚了。这辈子，她只见过生父不到五次。第一次，是打官司的时候，那时的她四五岁，母亲要她在一张纸上签名，她什么也不懂，就签了，结果那是要告生父弃养的单子。

"我生父不喜欢我，我知道他根本就希望自己没有我这个女儿。我曾在路上巧遇他，我们装作不认识。"

后来，她的母亲再嫁，自她有记忆以来，口里喊的爸爸，就是继父。当时她的母亲带着五岁的她，她的继父带着比她小的两个女儿和两个儿子，两个单亲家庭，从此变成一个家庭。一家七口的开销很大，她从初中开始就在校内打工，因为家里付不出学费，她以校内工读抵免学费。她的母亲没有任何正职工作，一切的花费都是靠赌博赚来的（还有输掉的）。

"小时候我妈妈教我看数字，不是为了教我数学，而是要告诉我她什么时候回来，比如她会指着日历跟我说：'这是六，你每天翻一张，下次看到六的时候妈妈就回来了。'可是通常都要过了好多个六才会看见她，我一个月，大概就看到她一次吧，其他时候看到的都是压在冰箱上的纸条还有钱。"

与另一个家庭共组新家庭后，母亲比较常在家了，不过母亲极致的歇斯底里与暴力倾向，是另一件她要开始学着面对的事。我不想用噩梦去形容，因为她自始至终都没有这么说。母亲的施暴情形严重到让她的妹妹要频频请假，无法上学，甚至其中一个妹妹被打到长期中耳炎，无法痊愈。

"我曾经觉得，都是我的错，我一定是做错什么事了，我妈才会这么生气。"她看着我，而我像用最近的距离，看着我以前觉得最远，只会出现在书上或老师口中的世界。

"后来，我最小的弟弟出生了，才刚满一个月吧，我那时候才八岁。我妈有一次外出时除了在冰箱上压钱以外，还压了一张纸条，上面写着：'长姐如母，你弟从今天起就是你的责任了，照顾好他。'当时我想，哈，三小。不过妈妈不在，我也只能开始照顾弟弟。我记得第一次帮他换尿布，他一摊屎就这样喷到我身上，我心想，干，这个责任怎么那么臭，妈的长姐如母。"不过这个责任，她一担就担了十五年，甚至未来更久，她都觉得她要照顾好弟弟。

"小时候我弟被别人欺负，我看到就走过去给他一个过肩摔，那时候我初一吧，我还记得对方跟我说：'干，林北不打女人，你最好不要逼我动手。'我就跟他说：'林北没说我不打坏人，你有种就来。'后来我把他们打得鼻青脸肿，结果他们说要报警。我就说，好啊，走啊，去警察局。我爸就在离学校最近的分局里当警察，我一到警察局就跟我爸说，爹地，他们欺负弟弟。他们全部傻眼了。后来，我弟一直到高中，都没有人敢动他，哈哈哈哈。"她边说边笑，我也笑了。其实大多时候她说起这些的时候，我都是看到她笑我才敢笑。这些过去，不知道是真的那么有趣，还是因为她已经走得太远，所以不觉得痛了。又或是仍然疼痛，但知道感知一份疼痛无济于事，不如就放声大笑。

在长大的过程里，父母的暴力仍然持续，她说，他们五个孩子都会想尽办法拖延回家的时间，因为回家就会被打，她的父亲甚至会把他们吊起来打。初二那一年，她跟校医拿了一瓶安眠药和抗压剂，回到家后，吞了五十颗安眠药和十三颗抗压剂，配半瓶酒精浓度五十度的酒，躺在床上想要死掉。她听见妹妹一边害怕地摇着她，一边喊着"妈咪，姐姐不会动了"，而她的母亲只是冷冷地说："她在装死吧，赶快把她叫起来煮饭。"

如果能装死，那这个世界上应该会免去很多的不幸。而那一天，她是真的想死，但她没有死。

"从宇宙看来，我们都渺小，但因为我们渺小，就要放弃生命吗？"她的老师发现后，这么问她。

那天老师因为要赞美她的考试成绩，想轻轻拍她的头，她下意识地闪躲："因为会痛，我妈是会两手抓着我们的耳朵，抓我们去撞墙的，所以我的头都坑坑疤疤。老师就这样发现了我们家的状况。但在这之前，我不想让别人觉得我跟他们不一样，所以我都装没事。"

这句话她一直放在心里，而这一切的停损点，是二十岁那一年，她发现母亲在她十八岁之后，频频用她的名字去非法贷款，她知道的时候，她的名字已经背负两百多万的债务。

"干，这样我什么都不能做了好吗？什么留洋念书，什么贷款创业，谁会借我钱？那时候我妈还会打我，最后一次是，我很冷静很用力地抓住她的手，非常镇定地跟她说：'林北二十岁要告诉你的第一件事，就是你再也没有资格打我。'"然后她休学、离开家，开始还债。什么工作她都做，业务、酒促、电话营销……一天睡不到三小时。两年后，她还清所有债务，并买了一间房子，付了头期款。

"买房子？"我惊讶得睁大眼睛。"那是给我爸妈的，我自己现在住的还是租的啦。因为我不想要他们再这样提心吊胆地过日子，给他们养老用的。现在还没让他们知道。我这辈子除了我妈跟我弟，其实也没有别人了。"

今年她二十三岁，人生已经开始二十年了。带着无数伤痕活着，所有的埋怨不一定都被抚平了，却始终坚信善良，始终让自己善良。一如她说的那句话："很多人都说，我怎么可以这么相信别人。可是我觉得，我相信的不是人，我相信的是善良。"

"可是你是怎么知道何谓善恶的？"台南的晚上凉凉的，坐在摩托车后座的我永远有问不完的问题。

"看书呀，小时候我妈不回家，有时候会把我丢给保姆，保姆家有很多书。我记得是小学五六年级吧，我看了心理学的书，发现原来我妈这样是生病了，是不正常的。从那时候我开始去观察什么是正常、什么是不正常，其实我到现在都没有答案。'正常'，有答案吗？"她转头笑着说，这不像一个问句。我沉默着。这一晚的这个世界，是在离我的世界很远很远的地方，不只台北和台南的距离。

离家后的她，就像一般的女生一样，认真地谈恋爱，认真地在恋爱里当一个可爱的女人，认真地失恋，也像一般的女生，洗完澡和起床时会涂涂抹抹，把自己弄得漂漂亮亮的。其实她是一个五官很精致的女生，一双圆圆的眼睛，好看的瓜子脸，只是有点霸气。不过她也总笑着说，那些小女生可爱的烦恼、公主般的打扮，她都没有过，所以当她看着别人的孩子笑得很天真单纯时，她会很高兴，那样的高兴不是羡慕，而是替那些孩子感到幸福。

晚餐后我们坐在一间咖啡小酒馆里，昏暗的灯光下，她的笑容特别真实和暖和。我很享受那样的时光，好像我是一只蚂蚁，走错了路线，来到她这里，发现这里没有糖，但仍有活下去的力量。

"在我自杀没有成功那一次之后，我发现死很简单，难的是活下去。我想挑难的事情做，所以我没有再自杀，也不会再自杀。也许我到四十岁时还是个浑蛋，但至少我活着，我会继续活下去。"

看着她，我觉得她每说一句话，我就被改变一次。在我不长不短，却已经长过她的人生里，我所以为的悲伤其实都在太多的幸运之上，我所以为的难受其实都仍带着骄纵。

"你觉得，什么是爱自己？"我想了很久，忍不住这么问她。

"忧郁症发作的时候，会一直有想要死掉的念头，那是没有阳光的状态，因为觉得自己是个很糟糕、很烂的人，我觉得爱自己是这样吧，在那个当下，不去说服自己没有很烂，而是想办法转移目标，让自己看见，其实我仍有好好活着的能力，只是她（母亲）没看到，但我不需要因为她没看到，就觉得我的这个能力不存在。**我觉得爱是本能，但好好爱一个人是需要练习的，包括爱自己。**"

昨晚，她洗完澡，坐在床上边擦着头发边看着我，问我穿的裙子是在哪里买的。我愣了愣。"我好像要来换一下穿衣服的风格了。"她笑着说。我觉得她好可爱。然后我们拿着手机趴在一起讨论她适不适合穿有蕾丝装饰的衣服。我苦笑地说她可能还不适合，风格要慢慢转换才行，她听了之后很大声地扑哧笑了出来，就像一个没有受过伤的小女孩。

跟她道别时，我没有拥抱她，不知道为什么觉得问出口好像显得我有点别扭，所以我没有问，她坐在她的打挡车上，从手中接过安全帽，帅气地跟我说了声再见。我想到我来之前，她说很担心我的安全，差点要准备电击棒给我，就忍不住扬起嘴角。

二〇一六年十一月二日，我觉得自己转了一个弯。生命并不温柔，也不会终其一生都荒芜或华美，它以自己的名字，在每天早晨，重复地把阳光剁碎，重复地受伤然后愈合，重复地让自己成为世界里一个好看的眉角。

"小学的时候，我写过一篇作文，叫作《鸽子》。课本上说，鸽子代表的是和平，但我觉得是平衡，平衡自己的每一个状态，还有自己的善良和丑陋。我们一生都在学这件事吧，成为一个平衡的人。"

坐在离开台南的火车上，想着她昨晚说的这席话。我知道，到高雄以后，又是另一片风景。此刻我却开始有点舍不得，希望这趟旅程不要那么快结束。

我觉得爱是本能，

但好好爱一个人是需要练习的，

包括爱自己。

I4　装在瓶子里的海

谁不是这样在伤口的最深处遇见一个血淋淋的
自己，再一路蹒跚地走到故事的后来？

"喏，这是给你的礼物。"他丢了一串东西给我，是用一条浅紫色的链子串在一起的，我有点看不懂，他看我一脸茫然便接着说，"是防狼喷雾剂跟紧急呼叫器。"

"哈？"我皱着眉看他。他是这趟旅行里遇到的第二个男生，这一晚我要住在他家里。

"你这样一个女生到处去陌生人家很危险欸，随身带着啊。但你那个防狼喷雾剂不是拿来喷我的噢，我不是色狼噢，你不要乱按。"我看着他一脸正经，大笑了出来。

他是这样的一个人，当他问我怎么看他的时候，我说："单纯，执着。"

确实如此，他今年二十六岁，接下了家里开了二十五年的寿司老店，这间店持续开着，也让家里持续负债。当兵退伍后，他决定回家接下这间店，跟父母亲一起重新经营。一切的动念都很单纯。起先我不知道，他跟我约在这里的时候，我以为他是这里的学徒，没想到原来这是他一家人的经济来源。

见面前，我从文字里很明显感觉到他的一股傻气，见面后才知道那是执着。

拉开小小橘色的门，一走进店里，他看起来本来要开口问我"请问内用还是外带"，但又马上换上"你好眼熟"的眼光看着我，并迅速观察到我有行李箱，然后轻轻地点了点头，露出腼腆的笑容。"是你！"他说。我也露出笑容。

"你先坐那儿吧，那是你的 VIP 位置。"他指了指门口角落的一个个人座位。这间店小小的，走道大概只能供一个人移动，有些小凌乱，但有着温暖的色调。

"我的位置？"我笑了笑，转过身看见那个位置的正前方，是我写的字。我惊讶地看着他，原来他是那个我第一本书的新书座谈会时，送出的五份限量小礼物的其中一位，"是你！"我说。不过座谈会当天他并没有到现场，我想，当时的他就在远远的高雄的这间店里忙进忙出吧。

"对啊，我以为你知道欸。"他站在寿司台里，继续做着手边的寿司。

"没有啊，我没有注意到这件事欸，也太巧了吧！"我把包包放下，一直盯着那个从台北寄到高雄的相框，里面框着我的某一个状态。

"我们超多客人坐在那里都会一直看欸。"他笑着说，他说话很快，这一晚我有好几次听他说话因为听不懂而愣住。

他做了很多的拿手料理招待我。我看着他忙进忙出，默默地观察这间小店和他做的料理。九点多，客人比较少了，他便在我前面坐下来，我们中间隔了两张桌子和两张椅子。我笑着说："干吗离我这么远？"他说："我会有点害羞。"我马上大笑几声。其实我知道，他不想要把我晾在一旁，好像自己没有好好地招待我。可是这趟旅行本来就不是为了要给别人招待而出发，所以我倒觉得很自在。

要收店的时候，他让我到二楼等他。餐饮业的小店，收店都要收很久。这样的景况让我频繁地想起自己曾经交往过的一个男朋友，他的家庭生活模式也差不多是这样，每天早上要起床备料，工作到很晚，收完店回到家就要两三点了。**这样的生活日复一日，年复一年，好像没有出口，却也不知道需不需要出口。**黏着的命运紧连着自己的名字，成为一个人一生最直接的样子。

可是他们终究是不同的人。我在后来跟他道别后，写给他的信里有提及这样的心情。

寿司店的二楼小小的，他说自己正在规划二楼。里头只有一张桌子、一把椅子，跟一张折叠床。

"看你今天要睡这儿还是要睡我家。"他说。我睁大眼看着他："这里？"

"对啊，去我家的话你会跟我在同一个房间里噢，上下铺，你睡我妹的床，如果你介意的话，就睡这儿，没关系。"

"我不介意啊。"我笑了笑，虽然我心里真的是有点紧张，但他看起来不像坏人。虽然当时把这件事传讯息给一个朋友时，他说，通常女生被迷奸前都觉得自己遇到的不是坏人。可是，怎么说，当下我想相信他，尽管确实存在着不可预料的危险性。

一进到他家，他有点不好意思地频频说着自己家里很凌乱又很简陋，如果真的不想住可以回去寿司店的二楼。我笑着说没关系，然后在我打开行李时，他丢了一串礼物给我——防狼喷雾剂和紧急呼叫器，甚至坐下来教我怎么使用。

梳洗之后，我坐在他房间的瑜伽垫上，而他坐在房间门口的地上，仍然和我隔着很远的距离。是尊重吧，我想。我们隔着远远的距离，说了很多话。大多时候都是我在说话，他只是听。他说，他不太会说故事。但其实他的故事挺多的。

比如，关于这间寿司店，是他的父母在二十五年前开的，曾经因为交友不慎，被朋友欺骗而让当时家里的房子被"司法拍卖"。他说，他们一家人感情很好，他有一个姐姐和一个妹妹，一起走过了很多低潮，但他变得不容易有深交的朋友，因为生怕自己也会被朋友骗。大学时，他想创业，想起家里的这间店，他想重新规划并经营，可是这间店已经让家里负债上百万，他花了一年的时间，做了很多工作，把高利贷还清。

"我去工地工作，搬很重的水泥什么的。其实事情从零开始很简单，从负的开始才是最难的，因为你所赚的钱、所做的事情，都要去填补一个补不完的黑洞，就好像从来不能开始，从来没有开始过。"

他坐在门口，喝着瓶装水，讲起这些，好像那一年只是生命里的其中一天那么淡然。

我很沉默。后来我发现，我没有办法给这些我无法想象的人生故事太多响应，因为我太轻、太浅。我的生命从来没有这么用力地存在过。对，用力而炙热，我是这么跟朋友形容这两天遇到的他和昨天的那位美女汉子。

　　然后，他也跟我说了他心底忘不掉的那个女孩。他们刚认识时，女孩准备要留洋念书了，而他准备要当兵。他们都以为这样的彼此不会因此陷入感情，因为充满太多不确定性，可是有些人，遇见了，相爱了，尽管距离煎熬，情感却无法隐藏。他们没有在一起很久，在他心里却很深刻。

　　"其实我们已经分手一年了，但我仍忘不掉她。也不知道为什么，就好深刻好深刻。不过现在讲起来，不会像之前那样那么激动了。当时我真的是整个陷进去，分手后的一段时间里每天就像行尸走肉，觉得自己可以把全世界都放弃也无所谓。"他笑了笑，我也轻轻莞尔。**谁不是这样在伤口的最深处遇见一个血淋淋的自己，再一路蹒跚地走到故事的后来？**时间能把一件事情推远，不是因为我们多用力地逃走，而是日子的堆栈，**新的记忆会把那些情绪压到心底，有时候，就压成了灰烬。**有时候则是压成愈合不了的厚实伤口，仍是一开口，就会痛。我也不知道对他来说，现在是哪一种状态，但他没有特别说太多。我们道别后他说，他发现我没特别问，自己也没有特别想说了。但他原本以为，自己会想要把这件很深的事情好好地挖出来，好好地讲一次。

　　我想到今天早上收到的前几天一个小房东的讯息，她也跟我说了一样的话，她以为自己会跟我说很多自己最难面对的故事，可是后来，我们聊的都是日常。其实，忧伤都藏在日常里吧，可是我们不会因为自己无法面对或难以承受，就放弃快乐的可能。

比如，我在这一晚的小房东的 Instagram 上发现了一句让我看了好久的话："我跟你说，你适合更好的人，是真的。而我也在成为更好的人。"

也许收获的人不是彼此，但这一趟遥遥路途，并不算浪费。

凌晨三四点时，我们本来都要睡了。我躺在他妹妹的床上，他忽然播起音乐，是谢震廷的《你的行李》。我惊喜地从床上坐起来。我说我很喜欢这首歌耶，他说他知道啊，可是他更喜欢《灯光》。我都很喜欢。

"你写歌吗？"他问我。

"随便哼哼唱唱吧。"我说。

没想到他顺手拿起吉他。"你唱几句吧。"他说。然后我就唱起了曾经写给那段远距离恋爱的一小段旋律。我们大概就这样唱了一个小时，他试了几种不同的和弦。

这样的时光很奇妙，我并不是一个特别会唱歌或是热衷于唱歌的人，只是很偶尔地会自己随便哼唱，那甚至称不上一个习惯。可是那一刻，我觉得唱得很难听也没关系了。后来，我在自己的备忘录里写下这段话：

"生命里有一刹那的美好，是与陌生的你，在清晨唱一首旧旧的没有人听过的歌。仿佛要亮的天，也喜欢这样的旋律，仿佛这一刹那，也是永远。"

二〇一六年十一月三日，我来到高雄，第一次是以自己的目的地而来。走出火车站的时候我特别兴奋，好像当时谈着的远距离恋爱，在这里发生的一切，都在每一个脚步里挥着手向自己道别。

后来他说，那一晚我无意间问了他："你会觉得孤单吗？"他才意识到自己从来没有想过孤单是什么。饱满的家庭关系，虽然是窘迫的经济状况，但从这样的故事里走来的他，特别单纯和执着。

像是装在瓶子里的海，海明明复杂，明明有那么多深晦的元素，但当被装在一个瓶子里的时候，是那么清澈简单，却又不如清水无知、无味。

跟他道别后，我传了一个讯息给他。

"很谢谢这一晚你听我乱七八糟说了很多，这一晚一直觉得很奇妙，来到高雄，第一站是你家。高雄是他的城市，而你和他在家时的生活方式是那么地像，只是他逃得很远，没有待在家过像你一样的生活。大概只有每个月一次回家和当兵的时候是这样的吧。他也很有想法，想帮家里的小铺子弄成店面，想用另外一种方式给家里更好的生活，也给自己更好的生活。所以也不能说他是逃，可能是个性吧，你们选择了不同的方式去拥有不同的人生，遇见了不同的人，可是有着一样的初心，这样看着我其实是很激动的。

"我觉得来自台北的我好小好小，惯性地误会着自己的重量，我的爸妈在我很小的时候告诉我，他们把我送到台北，是因为台北的资源多、竞争力大、可能性高，可是在这趟旅行间，我却逐渐觉得自己被这样的想象紧紧束缚着，事实是每一种生活都存在着极高的可能性，也都存在与它平行的资源与竞争力。怎么说，在你和前天的那个女生身上我看到了自己荒谬的骄傲，还有自己那些傻不隆咚的想象，就觉得好羞愧，也许我一直不敢承认生命里的所有可能发生的苦难，所以也看不见生命里各种可能存在的韧性。你和她就这样花了两个晚上用力地改变了我。我觉得自己所经历的一切，都仍是极为幸运的悲伤。**可能悲伤才是真正能筛出何为幸福**

的网。

"谢谢你和她让我重新想了一次自己活到此刻的人生。我很不想因为看见你们对生命的韧性和努力，而让我更珍惜自己拥有的幸运，我一直觉得，你们在丑陋人生里的美好样子，不是为了教会别人去看见自己拥有的有多少，而是让我们去挖掘自己的韧性，我们应该要更认真和努力地活着，在成为自己想成为的人的同时，也成为社会里一片好看的风景。

"不知道为什么写着这些有点感伤，高雄好像不是我以前想象的样子了。原来我也不是那时候的我了。希望你一切都好，也希望他一切都好。"

现在与过去交错着，人海茫茫，时光漫漫，我们各有各的憧憬，各有各的挣扎，生活变成几个透明的圆圈，在遇见时交叠，在道别时变成深邃的命运，浅浅地变成永远的曾经。

好比那首歌，那一个清晨，那样疯狂而平静的夜晚。

可能悲伤才是真正能筛出何为幸福的网。

15　我们一起看雪吧

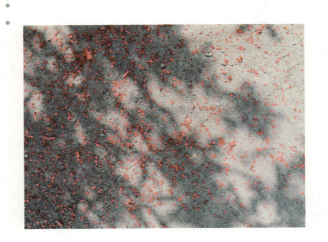

我猜每个伤痕累累的人身上
应该都有着别人的答案，
会不会这就是我们相遇的原因呢？

　　她是西子湾大学的学生，从小没有见过自己的亲生父亲，母亲也几乎从未提及。因为家里的经济状况不稳定，她的生活费几乎是申请奖学金而来的，每一餐也都小心计算着。她有一双明亮的眼睛，看得见角落。我知道她有秘密，但当她笑起来，我也会知道，若她不说，日子继续，她仍能活得晴朗。

　　那天跟她道别以后，我很浮躁，所以写起她，变得像在写信给自己：

　　我一直在想要怎么将这一天写下来，结果我发现自己很难下笔。所以想先跟你说声对不起。可能是我前两天听的故事仍然震撼着我，让这一晚你的故事，我有一点难消化。

　　其实我一开始看到你的时候，觉得你的防卫心挺重的。也不知道怎么说，就是一种直觉，一直到我们坐在驳二（艺术特区）的小椅子上，**你掉下眼泪，我才确定，你真的是个防卫心很重的女孩。你在保护的，是自己的无能为力。**

　　其实当你说"我看到你的一些文字里有提到你的爸爸妈妈不在一起了，所以我在想，你是不是……会比较能理解一些我的感受"时，我就在猜想你的故事，不是来自父母的问题，而是来自心底没有愈合的伤口。因为我仿佛看见了很久以前的自己。

我一直觉得，你在很深的伤口里，出不来。可能是因为你的细腻吧，我总觉得，**敏感而细腻的人，会在自己身上凿出很多的洞，让那些伤害灌进我们身体的时候更理所当然，让我们千疮百孔得更无法解释。**

比如当你说，从小你住在外公外婆家，以为舅舅、阿姨都是你的家人，可是当他们在自己的孩子面前数落你是没有爸爸的小孩时，你忽然觉得，你所认为的家人，在他们心里，你并不等同他们的家人。又比如你无法向妈妈说这些话，因为你不想让她心疼，你闷在心里，就连爸爸妈妈为什么要离婚，你都不敢问。你背着的伤痕，其实有很大一部分是问不到答案的困惑。

我一直在想我该怎么安慰这样的你，然后我发现自己似乎没有办法安慰你。也许以前我可以，可是现在的我，必须老实说，旅行让我的心很满，安慰的话变得很远，这好像是一个不太好的副作用。可是看到你掉下眼泪的时候，我的心静下来了。

现在的我坐在某一间小店里，想起在你的宿舍里，你把想问我的话写在纸上，从来没有一个小房东这么做，我看到的时候觉得你特别可爱。

不知道为什么，看着你，我想起了部分的自己，却又不如以往那么完全。

家庭里是包含着伤害的，我想，这件事情，很难去承认和面对。我觉得我们都好像小小的船，在很小的时候出港，不断地寻找岸，无论多少风雨，夜晚或平静的清晨，都无法让自己感到真正的放心，因为始终没有我们的岸。如果家对你而言是这样的存在，那应该就和我一样吧。

你说觉得自己没有家的时候，我其实很想抱抱你。在那么多时候，我也觉得自己是个被台北丢掉的小孩，我不知道为什么自己会在那里，不知道我该不该离开。**我猜每个伤痕累累的人身上应该都有着别人的答案，会不会这就是我们相遇的原因呢？**

怎么说呢，我觉得我似乎还是很难写下太多那一天的感受，坐在这个角落里，我频频地分心。

我想着我来到西子湾，来到那个我曾经很幸福的海边，用另外一种身份，遇见另外一个你。我想到你总是笑笑地看着我，好像知道我喜欢什么，好像总能猜到我对什么有兴趣。你太细腻，我好像看到另一个自己，那让我有些难以适应。

可是还是要谢谢你，还有你的好朋友，我们坐在宿舍里，拿着马克杯喝红酒，什么都聊的一个晚上。可能是这样的晚上，让我舒服地放松了一会儿，所以隔天一看见大大的蓝天，我就忍不住跳着走路。

世界上的所有悲伤里都有幸福，所有的幸福里都有悲伤。而幸福是雪，看见的人会一起觉得美丽浪漫，但悲伤像血液，在身体里流窜，把自己狠狠烫伤的时候，没有人看得见。

这是我看着你时想到的句子，谢谢你给我的这一晚，浅浅的，可是有很多东西在咕噜咕噜地冒着泡泡，等它们冷却，我想我会再为这一晚提笔。

二〇一六年十一月四日，我第一次在这趟旅程里真的有喘不过气来的感觉。可所有美好的阳光我都仍贪心地想完整地收进口袋，一如她和她的好朋友，那么简单的笑容，那么信任内心一点也不平静的我。

你在保护的，是自己的无能为力。

16　画眉

如果你有机会遇见一个人的灵魂，
就不要用外表对待他。

起初我并没有特别觉得她对自己没有自信。

一出高雄凹子底轻轨站的时候，她轻轻地跑向我。哇，她好可爱，这是我对她的第一印象，像一只画眉鸟。小时候书上说，画眉鸟是春天的鸟，她大概就是给我那种感觉，个子小小的，笑起来眼睛会像弯弯的弦月。

她的母亲准备了丰盛的晚餐，晚餐后，她带我到公园散步。

我喜欢散步。自己一个人走，或是旁边有个人，无论是谁，边走边说话，走走停停。把自己置身于生活之外，能好好倾听一个人说的话，并感受自己正活在世界里。

然后，我才逐渐感觉到她对自己的没有自信。在写这篇记录时，我其实很煎熬，我不想因为自己太赤裸的书写伤害到她。

老实说，见到她时，会看见她脸上小小红点的痘斑，但那不是我第一眼看见的东西，我第一眼看见的是她的眼睛，因为她笑起来的样子实在让我印象深刻。可是我不能否认，我仍注意到她欠佳的皮肤。每一次，看见与自己不同状况的身体和皮肤的人，我都会想起很小很小的时候，母亲跟我说过的话。

那是在一班火车上，也忘了我们要去哪里，跟我们一起上车的人群中，似乎有一个是身体有缺陷的男生。我一直盯着他，因为我觉得很可怕。母亲发现了，她牵起我的手，我感觉到后抬头看她。那时候我小学一二年级吧，身子小小的，母亲低下头看着我说：

"这些跟我们不一样的人，其实都很难过，可是他们很勇敢，仍然在这么多人的地方走路，所以我们不要一直这样看他们，我们要让他们敢继续在人群里走路。"

这段话我记得很深，尽管我想自己当时应该也听不太懂，但我就是记起来了，它变成一句叮咛，当我只要看见这样的人，或是要与他们交谈，我都会告诉自己，第一眼，一定要看着对方的眼睛。因为从眼睛看进去，才会看见他是一个怎样的人。人们说的，可以从一个人的眼睛里看到灵魂，我是相信的。再后来，这变成一种习惯，无论我遇到的人是什么样子，与自己一样或不一样，见面的第一眼，我一定都是看着对方的眼睛。

我没有特别问，她起先似乎也没有特别说这件事。但自卑和自信，是会从我们所有的言语与行为里露出马脚的，又或是说，面对他人时，若我们的差异是较为鲜明而外显的，我们会先向他人进行自我解释，比如其实我也不是一开始就长这样、其实我也知道自己跟别人不一样，这么一说完后，好像那样的不一样在自己身上才真正被适当地安置。

我挺心疼这样的她，好比我会跟别人说，我变胖是因为荷尔蒙失调，在这句话里，有一半是事实，但另一半，是自卑。我是到了很后来才知道。

她说她的男朋友在跟她告白时，她很犹豫："因为……就是，你知道……我的脸……"她的话还没说完，漂亮的眼睛就有了不自信的闪烁，"所以我就问他，你能等我变漂亮吗？因为我还在治疗中。"

天哪！我在心里惊呼。她真的这样问他吗？我听过任何一种等待，但没有听过等待漂亮。

"我想要等我变漂亮了，再跟他在一起，那就不会让他没有面子。"

"可是我相信他喜欢的是你，不是你给他的面子。"我说。

虽然同样身为女生的我，其实很能理解那样的感受。我们知道"他喜欢的是我，而不是我给他的面子"这些美好的事实，但我们仍会想，如果能更好一些，如果能让你带出去有面子，我会很高兴，甚至，觉得很幸福。这不是一种觉得谁是谁的附属品的思维，没有那么绝对，只是一种小小的想象，可能，这样的想象来自无数媒体与各式郎才女貌的赞美，在无数琐碎的我们与自己独处的时间里飞窜在脑海中。

在这样的念头里，自己其实听不进太多充满力量的安慰，也不想要费心思地解构和解析。这是很小的愿望，却在心底埋得很深，像是永远到不了的一种境地，却让自己始终抱持着盼望去自卑和想象，甚至和自卑和解。

"我听过最伤人的话，是那时候我在当学校一个活动的接待，有一个人就走到我面前说：'怎么让你这种人当接待，你脸长这个样子，是要死掉了吗？'我当下不知道怎么办，回家后一直哭。我觉得，很多人说外表不重要都是骗人的，还是有很多人用外表在打量着别人。"我看着她，胸口闷闷的。不知道有多少喊着"外表不重要"的人，是想透过这句话去凸显自己看不见的美丽心地，却越发地把自己非常注重外表的丑陋全数摊开。

我不是一个觉得外表不重要的人，因为我也在意别人的外表。我指的不全然是美丑，而是是否干净整齐，比如我会注意一个人的手指、指甲，我会注意一个人的鞋子，我会注意他身上是否有异味，有时候再偷偷观察一下他的衣服和配色，可是这些，都不足以让我去断定一个人是良善或邪恶的。在我心里，外在跟内在，一样重要，甚至有时候，内在需要比外在花更多心思去经营。

这是人的现实面，不能假装看不见，那就用自己的方式去理解，然后用这样的理解善待自己，而不是用别人的方式去想象自己，然后伤害自己。

世界上有多少伤人的偏见，说的人都无须负责，听的人却一生都在为此挣扎和受伤。

隔天一早，她切了一颗苹果和一颗奇异果，并蒸了一颗蛋给我。我问她早上都吃这些吗，她点点头，因为身体不好，要养皮肤，饮食要特别注意。就连她的作息都非常规律，十一点上床睡觉，七点起床。这样自律的一个女生，怎么能不美丽？她说，我们吃完早餐可以去喝咖啡，星期天早上适合这样慢慢的步调。我看着她，觉得心口暖烘烘的。我点了她最喜欢的口味的拿铁，坐在她面前，忍不住把她的样子拍下来，然后传给她。

"谢谢你，我从来没有想过自己可以这么美。"她看着我，很惊喜，好像不相信照片里的人是自己。

"我随便拍的啦，因为你真的很美，随便拍都美。"我对她露出笑容，但其实心底很难过。美丽一直存在于这个女生身上，她自己却不曾看见，又或是，看见了几次，却又频频被关进心里的不知道哪一个房间，以为那不是属于自己的东西。

"张西，你看见的是不是都是别人的灵魂啊？"忽然，她抬起头问我。我愣住了。

"我不知道欸。"我笑了出来，如果这是一种称赞，那我倒是有点害羞了。然后我拿出笔记本，在笔记本上写下一句话：

"如果你有机会遇见一个人的灵魂，就请不要用外表对待他。"

"这句话当作送你的礼物好吗？"我问她。她点点头，露出很漂亮的笑容。"我很喜欢，"她说，"谢谢你。"

坐在火车站的大厅，等着下一个小房东来接我时，我想过很多记录这个故事的方法。她很平凡，却平凡得在我的意料之外。我的父母亲给了我一张还算讨喜的脸，教育我成为一个善良的人，我知道自己仍不全然善良，也仍有比自己美丽的人，我知道所有的比较都没有结果，最好的、最美的永远是找不到终点的追寻。可是这么一个我，在第一次她开口让我发现她小小却深深的自卑时，什么话也说不出来。当下我很羞愧，那些"不要管别人怎么想"的话，我一点也不想说。我忽然觉得有时候忍不住喊出"不要管别人怎么想"，其实是自己骄傲地无视他人的存在，或是自卑地觉得自己不需要存在。

写这些好赤裸，也很零散，好像始终找不到一个最好的姿态去把自己的这些混乱和挣扎写下来，好像我也仍在害怕，是不是一不小心说错了什么，我就成了伤害别人的人。

当然，那个晚上，我们不只聊了这个。

后来我把这个话题很快地跳过了，我们聊起她和男友的远距离恋爱，也聊起她的其他生活。她很单纯，第一次谈恋爱，正在学着把自己分享给另外一个人，也一边重新掌握自己的生活节奏。我在和她对话的某一段时间里，觉得自己原来已经很像一个大人了。我好想跟她说，**此刻所有的美好，也许都会在未来破灭，可是所有的伤害在生命里，带着毁灭，**

却也都带着力量。只是我们要往哪个地方前进，天空或谷底，如果能够选择，一定要敢飞。可是我说不出口。

我想到小时候第一次谈恋爱，老师与父母说的那些话，他们总说这个人不会是陪你走到最后的人，说这个人对你未来的人生没有帮助，说现在的恋爱谈谈就好，不用太认真。他们当时就是用这样的心情看我的吧。可是当我走到这样的心情时，我却不想这样对她说。因为我知道无论哪一个人会陪着自己走到最后，任何一个愿意把彼此牵紧的人，我都想认真去爱，对人生的帮助与否，不是从别人的眼光里衡量。我相信所有的相爱都有意义。

我们走在小小的桥上。她说："这里的景色很好。"我说："好适合跟自己喜欢的人散步。"然后我们一起笑了。

"我突然好想他。"她淡淡地说。我跟在她左侧。曾经我也像她一样在一段远距离的感情里煎熬和敏感地接收所有的幸福，生怕哪一点被自己漏掉了，这样就不够温热一个人入睡的夜晚。尤其是冬天。

二〇一六年十一月五日，这趟旅程刚刚好地过了一半，没想到一直觉得时间过得很慢的，忽然却觉得时间快了起来。这一次来到高雄，我发现自己没有去想太多以前所认识的、所走过的高雄。我发现自己的生命已经被更新了好几次，直到离开的时候，我心里想起的脸孔，都仍是这个可爱的女生。

"我觉得遇见一个人的灵魂，是认识一个人最美的方式。"
她在我们离开咖啡厅时这么告诉我。我只是点点头。

生命的间隙里有无数的小小的美好，它们也许不能加深我们存在的重量，但会给所有的相遇和发生，都添上一层淡淡的香气，比如像是画眉的她，飞过我生命里的某一天，而那一天，就是春天。

此刻所有的美好，也许都会在未来破灭，

可是所有的伤害在生命里，

带着毁灭，却也都带着力量。

17　折返

你看，这些疤，挺美的。

　　旅程进行到现在，竟然有点忘了自己当初是怎么决定出发的，忘了每天在网络上分享照片和生活是对谁的交代。忽然间，很多平常会做的事，做了好几个月甚至几年的事，都不是那么必要了。也不知道为什么有这样的心情。

　　这天是旅程后半的开始，台湾的最南边——恒春。

　　当时把报名窗体的地址钉在地图上时，发现恒春只有一个人，我就马上把她纳入留宿名单。

　　她三十三岁，与前男友在一起五年，同居四年。她来到恒春是因为失恋，想逃得远远的，于是辞了职，选择了台湾的最南边打工换宿，打工换宿的时间结束后，索性住了下来。这样一住，也近半年了。

　　我看到她第一眼的时候，其实就挺喜欢她。我喜欢她的眼睛，因为她有着很漂亮的睫毛。她不像是我的生活圈里会遇到的人，小麦色的皮肤，偏向民族风的穿着，她的家里也是，有着捕梦网和一些风格独特的绸布。她喜欢冲浪，背起一个后背包，活脱脱就像一个热爱旅游的背包客。大概就是这么鲜明而直接的个性吧，让我跟她说起话来，特别没有负担，尤其是我们的笑点几乎一模一样。

我不认识在台北的她，在都市、职场、创业甚至是失恋的她，但我在这里认识的她，很开朗很简单。

我们聊得最多的，大概就是她与她的前男友了，这毕竟是她到这里的原因。同居这件事对我而言是很陌生的，我并没有与自己交往过的伴侣同居的经验。其实一开始听她说话时，我很担心自己会太像小女生，后来想想，对她而言我确实是个小女生。好像总怕自己太幼稚，又怕成熟需要拿单纯去换。怕不幼稚的时候也没有了单纯。

他们渐行渐远的开始，是前男友的母亲因为生病而和他们同住在一个屋檐下。小时候会相信一种说法，没有一个母亲不爱自己的孩子，可是越趋长大之后，变量仍然会发生在无法改变的定数里，比如母女、父女、兄弟和姐妹之间的关系。也许也不是真的不爱，但有一些爱的形式，是我们从未见过的。

一起生活，这件事想起来挺浪漫的。尤其是热恋的时候，一起从被窝里爬起来，一起赖床，一起挤进小小的浴室刷牙，一起吃早餐，一起出门，回到家后，看到有个人在等你，或是知道有一个人会回来。想起来都很是美好。随着自己年龄

的增长，以前听到"同居"两个字还会先瞪大眼睛，现在却
只是淡淡地明白，那也是一种恋爱的方式。

前男友的母亲在要搬进来时，前男友曾跟她说过，他并
不特别喜欢母亲，因为母亲只有需要钱的时候才会想到他。
她一开始并没有多想，住在同一个屋檐下后，难受的事情才
逐一浮上台面。比如前男友的妈妈会在只有她在的时候凶她，
然后跟她说着前男友诸多的不是。

"甚至有一阵子我跟男友很常吵架，他妈妈会跟我说，男
人一定都有小三，叫我要忍一忍不要对他乱发脾气。我们吵
的根本不是小三的问题，可是我只能忍着。那时候，只要我
在房间里，听到他妈妈开房门或回来的声音，我都会无限焦
虑，因为每一天每一天，我都在那样的言语压力下，不是对
我歇斯底里，就是数落我或男友。

"可是，同居后要分手是很难的。"她继续说，"我们的生
活已经重叠在一起了。我是那时候才知道，原来有一种感情，
是两个人都仍深爱对方，却已经无法相处。"

他们从分房睡，到她搬去朋友的家，到一瞬间的决定，
她就来到恒春。

"我们明确的分手是我说的，在不知道是不是分手的分房睡的那阵子，我其实才看清一件事，原来他是那么懦弱的一个人，他不能和我一起面对我们感情的变化，原来面对离开这件事，他一点也不勇敢。"其实，我知道她也知道，我们也不是那种能在离开里特别勇敢的人。可是，也许我们很像吧。我也明白，她无法让自己在某一个悲伤的状态太久。**我们都不喜欢滞留在一个不会好起来的地方，尽管在那之前我们没有找到好起来的方法。**

在这里待了几个月，她说，这里的房子旧旧的，时间也是，但却是另外一种时间，跟台北的不一样。她是个很喜欢老房子的人，也喜欢书写，喜欢文学。所以当我看着坐在沙发上说着话的她，谈到那些不属于爱情的东西，仍能看见她闪闪发亮的姿态。我们没有说很多自己的梦想，不知道是情感的伤口仍和她靠得太近，还是我自己刻板印象的误会，梦想对于一个三十三岁的女生而言，有点遥远。

在跟她道别的路上，我一直在想自己的三十三岁会是什么样子。我其实想起了一个人，是旅途开始前几天遇见的三十五岁的母亲。

她们差了两岁，三十三岁的她看起来仍像个二十七八岁的女生，好像人生还有很多可能，路还很长。但其实这种念头，应该存在每一个岁数里，对吗？我一直在想，人生有千百种样子，而爱情大致上就是那几种了，我们会被年岁捆绑，却仍能侃侃而谈相似的恋爱经验。这件事很奇妙。

不过，我好像卡住了。这两天似乎遇到了旅途中的第二次失衡，有着自己无法掌握的状态。这趟旅程，写着别人也书写自己的同时，我好像掉进一张透明的网，总是看得见尽头，却好像走不到那里，或是，觉得那里的自己不会一如想象中拥有多丰厚的记忆，仍然平凡，但却是不一样的平凡了。

这会不会也是她现在在恒春的心情呢？

我们道别时，她说，她觉得自己应该要回台北了，她似乎躲太久了。我坐在她的摩托车后座，轻轻地笑了。我想起我的五阿姨，她也因为失恋而逃到美国，然后人生大大地转了一个弯，领了绿卡，变成一个一两年我才会见到的远亲。

每一种人生，都有逃跑的需要，也有逃跑的可能。我想起前几天我写给西子湾大学的女生的那句话："愿你所有的追寻，都能带你找到平静。"

也许，这就是我们每一天每一天都在努力的目的吧。

二〇一六年十一月六日，旅程过了一半，我要从东部绕回去了。这是一趟远远的回家的路，到家以前，我还要再看一点海，再遇见一些人。

每一种人生，都有逃跑的需要，

也有逃跑的可能。

18 在出口生活的人

也许有时候错的路也是可爱的路。

"我觉得你们好像是活在出口的人，就是，很多人生活的出口，大概就是这种样子。"我看着他，他有一种谢震廷的风格，但更随兴一点，自然卷的微长发，戴着黑色粗框眼镜。

"可是在这样的生活里……我们要找另外一个出口。"他说，像是反射性地回答，没有经过太多的迟疑。我愣住了。后来，我一直在想这一句话。

他在见面前让我特别有印象，他说，如果不介意，我们可以从台东火车站搭便车去都兰。我马上答应了，因为我没有搭过便车，只知道这是一种旅行的方式，但自己从来没有执行过。那时候我还不知道，原来自己并不像一个多数人能想象得到的典型的旅人，做起某些旅行中的人常会做的事情时，会特别别扭。

到火车站时，第一个上前跟我打招呼的人并不是他，是他的好朋友。他说"请问你是……"的时候，我就点了点头说："是的，我是。"到现在我都在想，如果认错人，这旅程会有多荒谬，然后忍不住笑出来。**也许有时候错的路也是可爱的路。**

他的朋友说，等等他就要来了。说完没有多久，他就从对街走上前，个子高高的，小麦色的皮肤，总是笑笑的一张脸。我看见他时，忍不住想，他怎么会是我的读者呢，我们如此地不同，穿着、习惯，所有可见与不可见的似乎都找不到交集。而这样的问题，在后来慢慢地被解答。

我们挺幸运的，很快就搭上了便车，第一台把我们从台东火车站载到台东的市区，第二台是从市区载到都兰。都兰，一个我只对"都兰小学"四个字有印象的地方。第二台载我们的，是很常见的那种蓝色小货车。我觉得很新奇，上一次搭这样的车，是在台北搬家的时候，车子在台北街头乱窜，我觉得我"站在后面"很突兀。可是这次，我和他还有他的好朋友，背对着司机，面对着车后的路，我却是觉得"我"坐在后面很突兀。

那是很奇妙的感觉，风大大地把我及肩的长发吹得乱七八糟，我在想他朋友看着我的时候会不会觉得其实我的样子挺恐怖的。我赶紧把头发绑起来。他们其实挺专心地看着车后的风景。车子经过了大大小小的路，后来甚至有一段路程几乎没有路灯。他们说，那就快要到都兰了。他的朋友难掩兴奋地小小欢呼了一声，好像要回家了那样。我看着跟在我们车后的车子，车灯亮亮的，我没有说出口，我觉得我们好像是被星星追逐的人，无所谓比赛，我们好像也是另外的一颗星星。

他在报名这个活动的时候，有写着我们要住的地方是背包客栈，卡车停下来的地方，看起来不太像我所住过的背包客栈（其实我也才住过两个），有着霓虹的灯饰，是酒吧。

"我们今天要住这里吗？"我问。

"对呀，楼上是背包客栈，一楼是酒吧，这里的老板是我们的好朋友。"他边说边替我拎起行李穿过酒吧的桌子和零星的人群，走上二楼。好多外国人，这是我的第一印象。从外面的木椅上到里头的吧台前，几乎都是外国人，我甚至也用了自己不是太流利的英文跟他们打了招呼。在那里头，好像走进去了，随意地搭话从不会尴尬。

灯光很昏暗，吃过晚餐后我们在一楼找了一张桌子坐下，其实也没有特别聊什么。他们在等我的时候，时不时我会看见他和他的好朋友在外面抽烟，或是随性地跟外国人搭话。他说，这里有很多外国人，很多外国人来到台湾都会特别来都兰看一看，可是一般人，尤其像我这样极为普通的城市女子，对都兰的印象可能就只有那个"都兰小学"的小书包。

"这里住着两种人，一种是都兰人，另一种是来到都兰的人。"他的朋友说，"都兰人在自己的村子里，过着跟来到都兰的人完全不同的生活。来到都兰的人因为喜欢这边的生活模式就留下来，然后衍生出另一种生活方式。"那样的方式，就像出口。出口，是当时我心里跳出来的两个字。

　　我们没有聊很多彼此，反而是聊很多的这里、这里的人。比如，我注意到酒吧里有个女生，瘦瘦的，短头发，长得很漂亮，精致的五官，她听见音乐就会摇摆身体，有着好看的姿态，甚至会拿起像是练习火舞的杂耍工具，跳一些我没有看过的舞。他们说，她是南非人，当时跟着一个航海杂技团，从新西兰一路往北开，一群人有将近二十人。来到都兰后，她因为喜欢这里，就没有再跟团员继续往下一站前进，反而成为这间酒吧的工读生，住了下来，这一住也两个多月了。

　　这像小时候看的童话书上的故事，我以为现实生活里不会有这样的人，每个人都应该要追求一种工作、一个头衔、一个社会位置，每个人都要担心温饱、担心家庭，我以为每个人的这一生都会想要尽可能纳进那些我们所想象、我们所见到的令人欣羡的生活，我以为这才是所谓的现实生活。可是什么是现实，什么又是生活呢？

　　我们坐在长桌边，他弹着吉他，唱着好几首都是我好喜欢的歌，尤其是宋冬野的《斑马，斑马》和《莉莉安》，甚至还有一首是他自己作的歌。他唱歌的时候会闭着眼睛，特别享受，他的声音会随着自己而转换，好像拿着吉他的他在另外一个世界里。那种拥有自己的世界的人，我总觉得特别迷人，他唱起歌大概就是那个样子。

后来，我也分享了这趟旅程中遇见的很多好玩的事，其实很有趣，起先遇见这些小房东，我都会聊起自己，而现在，**我在聊起自己的同时，聊起了别人，这些新注入我生命里的人，他们也变成了我的一部分。**

我一直觉在都兰的一切很新鲜，好像更接近人们口中的"旅行"，如果"旅行"在大多数人口中是一种生活的出口的话。

十二点多的时候，一群人面色凝重地走进我们所在的酒吧，几乎是像要把这间店翻过来似的打量着酒吧里的每一个人。我们不需要被告知都感觉得到似乎要出事了。老板匆匆忙忙地跑到我们这一桌，跟客栈的一个小帮手借了手机说要打电话，然后又匆匆拿着手机跑了出去。这个时候，那群人，五六个，很随意地找了几把椅子坐下，就像电影里演的那样，黑道进入酒吧要准备大干一场，那种压迫感很强烈，我一直都不知道我不全然的紧张是因为我以为电影里的情节不可能发生，还是我真的不害怕。

　　不一会儿，他们又缓缓地走出酒吧，可是仍然面色凶煞。直到睡前，我们待在二楼的小客厅时，才听说是附近的酒吧看这间酒吧不顺眼很久了，决定要来闹事。刚来的这群人其实背后都有枪，随时一伸手，扳机一扣，我们就要死在这里了。老板刚刚是紧急去联系他们的大哥，大哥来了，事情才缓解了。我坐在二楼的小沙发上，瞪大眼睛看着他们。天哪，枪。我想起我旅行前看的那些美国影集，原来千百种的生活里，一切都有发生的可能。

　　后来，我遇见张凯时，跟她说起这个故事，仿佛我只是做了一场梦，真实又虚幻。我想起我问小房东的话："你怎么会看我的文章呢？"他微微皱起眉："我就看到了，然后就这样一直看了。"好像这一切很理所当然。我没有继续追问，我想起他无意间表现出的那些，比如他跟村里的师傅学的水电，比如他抽着烟，比如他在附近我们吃晚餐的店家里帮老板收拾着别桌的碗筷。他像晃荡的人，如果生活是一种装饰，如果我所以为的那些我可能有些害怕的态度（比如那些黑道进酒吧时他的不慌不忙），都是他的饰品，那么其实这些都掩盖不来他细细密密的迷惘和善良。

　　"善良"这样的词，在我的这趟旅程里，出现在我想起很多人的时候，我觉得他们在这个世界上都小小的却发着光，我用一种意外的方式来到他们的生活里，看见不同样子的人生、不同样子的彷徨，在人性里，仍可以保有一丝干净的思想，在我们相遇的时候，变成花火，虽然短暂，却灿烂。

大概是这样吧，关于我所看见的台东的都兰。

二〇一六年十一月七日，我遇见了一个大男孩，他有点潇洒，有点腼腆。他在我离开的时候给了我一封信，里面有一段在写小当家的故事。我拿着牛皮纸颜色的信纸笑了出来，《中华一番》，也是我小时候喜欢看的卡通啊，他说的那一集我也记得，小时候有一段时间小当家甚至是我的偶像呢。

二十岁的他，已经来到很多人（或许不是真正的很多人，而是我以为的很多人）想象的出口，并在这里生活。不知道他的未来会如何，可是，总会有他给自己的去处吧。细腻如他，尽管他小小的世界只有浅浅的几扇窗，但我相信仍会透着阳光，仍会有他自己的单纯信念在里面恒常地存在着。

"真正的修行不是去旅行几趟或看几场日出，而是熬过平凡生活里的苦难。"这是他在信里写的让我印象最深刻的一句话。我想到自己这次旅行的原因，好像忽然得到了解答，我要过的人生，我要过的生活，也许在我这里，旅行原来不是出口，而是一扇窗，打开后的万千风景，能被收进口袋，变成一种熬过平凡生活的力量。我不确定是不是这样，但这封信我看了两次，然后，觉得自己终于平静了下来。

信封里还有一个他自己亲手做的捕梦网。我在池上的民宿里把捕梦网拿出来细细地看了好几次。这一张网，如果要装一个愿望，那么我希望是我们都在生活里拥有一扇门，无论通往哪里，我们都能饱满地回来。

一如我此刻深深地相信自己在这趟旅程结束后，会饱满地回到我的平凡生活里。

"真正的修行不是去旅行几趟或看几场日出，

　　而是熬过平凡生活里的苦难。"

19 不伤心约会

一个人，一盏灯，一场流星雨；
一片草地，一扇窗。
如果你也拥有伤心，我们就约会吧。

其实我有点不敢去看自己几天前写的日记，我怕自己一不小心就被牵动，然后无法安稳地在一个刚好的状态里好好把另一个人的故事收进自己的口袋。

听完他们的故事时，我跟朋友说，这是一篇我甘心写下的爱情故事，有一段时间不太写爱情故事以后，我透过他们再一次明白了爱情的脆弱，同时看见了爱情的伟大。

他开着小货车到池上车站接我。当时车上坐着另外一个女生，我心想，应该是他的女朋友。他们载着我上山，我听着他们一边斗嘴，一边闲聊，一边吹着窗外凉凉的风。台东变冷了，终于我好像也开始感受到台湾今年的冬天了。

他二十六岁，接管了家里的民宿事业，民宿的名字是依他爷爷和奶奶的名字取的。我们在民宿的餐厅里说故事，他笑说，他以为我会有着环岛或登山队常有的红布条，上面写着"故事贸易"，然后也会有广告牌，甚至有录音笔，要拍一张"故事贸易：张西"字样的照片，要打开录音笔把故事完整录下来，他以为今天是这样的日子。我边听他说，边停不下来地大笑，我只有一本笔记本和一支笔。尽管我也曾想过，是不是要录音、录像，或是用任何我能想到的方式尽全力把这三十天记录下来，但后来我想，就用文字吧。如果一切最后都会模糊，至少还有这本笔记本，还有几篇文字。

他们是在去年暑假的打工换宿时认识的，他把她的履历在最后一关时刷掉了，刚好表哥的民宿也要招收小帮手，于是他就把筛选到最后一关剩下的履历给了表哥，所以她还是来到台东，来到了池上，遇见了他。

"台东的晚上很美，我要追她的时候，呵，什么伎俩都可以拿出来耍，比如晚上去看星星、看萤火虫，这跟都市的夜生活不一样，很单纯，很浪漫。"他笑着说，她也笑着，好像那些故事永远能温热他们。

"可是，她在台中，我在台东，我们隔了一座中央山脉。暑假结束后，她就要回去了。我常常会想，我是不是太冲动而害了她，把她绑住，我们见一面要来回十二个小时的车程，这样的恋爱很辛苦，我都会想自己当初是不是不应该这么冲动地就追求她。"他继续接着说。我偷偷地看向她，发现她用右手遮着嘴巴，微微仰头，眼泪流了下来。她发现我在看她，轻轻地说："我跟你一样，是第一次听到这些话，我不知道原来当时他是这样的心情。"

他摸了摸她的头，他们两个互看了一眼，然后继续说故事，仿佛那样的眼神，是长过一个世纪的拥抱。

远距离恋爱两三个月后，他们一起去了香港，那趟旅行很短，却让他们都转了一个弯。旅程中她总是很疲惫，甚至会没来由地头痛，回台湾后，他希望她去做检查。

"我去拿完检查报告后，就没有再出医院了。"她说。

某天打工结束，她接到医院的电话。检查报告出来了，护士的声音听起来很紧张，要求她马上到医院去，并且要带着父亲或母亲。

"是急性肾衰竭。"她说，"那时候我很慌张，我才二十岁，没有任何不良嗜好。我妈妈一直哭。医生说，一般人指数六就要洗肾了，我的指数是八，后来甚至到了十二。没有人知道为什么，我只知道自己的身体里都是毒。"

那时候接近年底，刚好他的大学同学要来他们家的民宿跨年，他强装成没事的样子，仍被看了出来。

"因为她传讯息来跟我说，发病危通知了，可能随时会走。当时我都没有办法多想，朋友也很体谅，于是大家就这样回家了。我很快地收拾了十几天的行李，跟我妈说了她的状况，我想去陪她，就算她真的要走了，我也想在她身边。"他看着我，每一个字都像用生命说出来的那样，"当下我根本没有去想，我跟这个人才交往多久，怎么可以为她这么拼命；我当下想到的只有，我不想失去她。"

于是他背起行李，来到台北的医院。

"我想象中病危的人的样子，大概是昏迷了，还有全身会被插满管子。路途中她妈妈也好几次传讯息跟我说她昏迷了，总之应该是脸色苍白地躺在那里，但我一进门的时候，我看到她坐在病床上，穿着一件粉红色毛茸茸的熊外套，咧着嘴对我笑，我的眼泪直接就掉下来了。"

她说，因为当时看到他，忍不住地心情好，就是想笑。后来，他们一起窝在急诊室的重症区好几天，他们一起相信，只要保持好心情，只要想着她一定会好，她就一定会好起来。他每天都在逗她笑，每天都在想，也许明天就能出院了。我问他们：怎么不去洗肾呢？他说，当时他们觉得洗肾是一件很可怕的事情，好像去了，就会死掉，所以只想待在急诊室里等，而当时刚好医生们几乎都放假了，没有看重症的医生，所以他们就想，也许几天后就能出院了。

但是几天后，医生来了，却告诉他们，她要马上洗肾，不然一两天就会走。

"原来生病了就是生病了，你多相信自己没事，就多像是傻傻地在骗自己。"她说。当时他们想到曾经约定过，要一起去哪里旅行，还要去看几场流星雨，好像都是不重要的事了。

"所有的承诺在生命面前，都好微不足道。"她泛红着眼眶才把这句话说完。我看着他们，虽然他总是痞痞的，说一些玩笑话，但他一直牵着她的手。

后来，她活下来了。现在她每周都要洗三次肾。他说，他们不能旅行，因为只要一次没有洗，可能就会有生命危险，**他们的人生像被钉在某一个地方，不能走得太远，只能在那个地方缓缓地结束。**她说，后来她因为无法出院而休了学，看着同学们纷纷要开始准备实习和拍毕业照，每每都很难过。我看着她，我并没有生过这样的大病，疾病会带走一个人的生活，原来是真的。

开始洗肾后，她身上有很多的伤口，她不喜欢穿短袖，因为手臂上的针孔让她觉得自己变丑了。

"哪会丑啊？张西，我来跟你介绍，这是北斗七星。你看，我们每天都可以看星星欸。"他牵着她的手笑着说，说完这句话后，她也咧嘴笑了出来。我听着反而一直忍不住鼻酸。庆幸的是，今年十二月，她的母亲要把一颗肾移植给她，她很期待那个新的自己。

"其实我们现在看很淡了，这会好，这会好的。"他说。

"那种好不是在说身体上的，而是心理上的。"她看着他，笑得轻轻的。我忽然觉得他们是那种把悲伤放在自己之外，然后把幸福拥入怀中的人。

"我一直觉得，老天爷是很有智慧地在分配每个人一生中会经历的快乐和痛苦，他给我们某一道关卡，是因为知道我们过得去，才会分配给我们。"我说完后，他看向她，他们一起点点头，然后笑了。我也笑了。当时我还不知道，世界上有很多的磨难是人的小小心脏无法承受的。

这是一个小小的爱情故事，我在听这个故事时，写下的第一个句子是这样的："所有扎实的幸福感，都是来自自己由衷地感谢所有的坏运气。"这是我在他们身上看见的事。

"我也曾以为我很年轻，我以为健康可以是生命里很后面的排序，但现在它在我的第一顺位。一个人如果没有健康，就等于什么都没有。"看着二十二岁的她，我是满地的羞愧。

"你们的故事，一定可以给很多人力量。"我用双手捂着自己的嘴巴，深深吸了一口气，缓缓地说。

"所以我们才想找你来，"她看着我，露出很简单的笑容，"你拥有比我们更大的力量，能让更多人珍惜自己的生命。"那一刻，我几乎不敢看她的眼睛。他说，今天是她洗肾的日子，但她为了见我，拜托医生让她昨天先洗完，今天才能好好地见我。我无法言喻自己的激动。何德何能，我能拥有这样的信任，好好地为一个故事写下一些自己零星的感受甚至感动。何德何能，我是真真实实的张西，不是网络上的一个名字，不是书店里某一本书上的两个字。

看着手机里这几天的照片，我真的开始舍不得这趟旅行了。

人生漫漫，谁都特别，也谁都平凡，我在旅行里遇见再多人，听到再多故事，都无法整理成一条生命的通则，或归纳出我们生活的道理。

事实是，我搜集不完所有的悲伤，好比我也承载不来所有的幸福。事实是，我知道自己所有的书写都不是为了聚集成某一种力量，去倾轧任何人原有的思想。但在一个个陌生人面前，原来文字极其微小，也极有重量。

二〇一六年十一月八日，我遇见了一对小情侣，在气温十几摄氏度的小山里，我明白了一件事，人们所有的苦难都是同一种迂回的平凡，活着就是一种修行，无论用什么方式。

比台北晚一点，今晚的我才穿起毛衣，才觉得冬天要开始了。后来我收到他的一小则讯息：

"或许有一天我们有个人会先离开，或是我们会分手，但至少这段爱情可以被你保留下来，所以谢谢你的到来。"

捧着手机，我觉得眼窝热热的。

多么庆幸，这一份爱，恐怕有一天会让人伤心，但在我遇见的这一个晚上，只有幸福。

所有扎实的幸福感，
都是来自自己由衷地感谢所有的坏运气。

20 反省

有时候不是不爱了，
而是爱不能解决所有的事。

我们应该算是在旅途中遇见的吧。他也在旅行。

他的旅行是为了要给自己一个结束。从台北开始，要到高雄去，一站一站，他要把这一路的风景一一写进一本空白的笔记本里。他说，那是他要给她的最后一份礼物。

他们交往一年多，远距离。"她是个很渴望家庭的人。"二十二岁的她，已经想嫁给二十六岁的他。可是，他仍不安定，人生的变量如一波波的海浪，永远没有人知道载浮载沉的自己是离岸越来越远还是终于能在沙滩上搁浅。

起初是她想结婚，他不想，后来，等他终于决定要娶她时，她却不想嫁了。"结婚"这两个字，很难想象在和我相仿的年纪里，已经是生活里需要考虑的一个选项了。

当时的他刚换工作，一切都还不稳定，没有办法一次处理那么多事情。我看着他，有一种离现实很近的感觉。生活的压力会倾轧到感情里，这是真的。**有时候不是不爱了，而是爱不能解决所有的事。**所以有时候在解决爱以前，我们害怕爱给自己的混乱，于是想先把它放下，想先厘清自己。我不知道这样是不是好的方式，我看着他，一个人做的任何一个选择，都不是偶然，而是必然，因为选择背后的人生脉络，才能真正解释这个选择。

最后，他们分开了。他辞掉了工作，开始一趟结束这段关系的自己的旅程。我没有问太多关于旅程里的事情，但我知道他有一本笔记本，写满了字，还有很多的拍立得。我比较好奇他更久以前的过去，后来我发现，他也是一个活在我以为的故事书上的人，比如他跟我分享的，我印象最深刻的一件事。

那时候他上初中二年级，他发现体育组长会把女同学带到器材室里，不知道在做什么。有一次，他看见自己喜欢的女孩被带进去，他偷偷跟在后面，故意在器材室外面大声地扫地和说话，他想让那个老师知道外面有人。后来，上课后，他在女孩进教室前问她，要不要逃课。

"她说好，那是她第一次逃课，什么表情都没有。我也不知道怎么办，她是个很乖的女生，我带她翻墙出去，去基隆庙口吃香肠和豆花，她都不说话。直到我们坐在豆花店里，我问她，还好吗。她忽然掉下眼泪，说老师一直摸她，还要她什么都不能说。"

我看着他，想到最近重新上映的韩国电影《熔炉》，那部片子我在几年前看的时候一直按暂停，因为我没有办法接受那样可怕的事情发生在我眼前。而几年后，我竟然亲耳听见了类似的故事。

"我很生气，于是去跟训导主任说了这件事，后来有很多女同学都出来指认，那个老师最后被革职了，革职前还随便找了一个理由把我叫过去，甩了我两巴掌。这个世界上，真的存在很多人渣。"可是还好，他不是。

他念的是基隆的航校，接触的人是我不曾想过的，他曾在台球店里遇见别人打架闹事，他也曾打过架，我猜就像电影《艋舺》里演的那样吧。在离我很近的地方，我在台北，他在基隆，却是截然不同的生命经验。

"其实，这一趟旅程出来，我才觉得，自己是一个被保护得太好的小孩。" 我看着他，是直到遇见他，我才真正地看见自己以前的样子，原来都在温室里。那些令我惊讶和震撼的故事，可能太让我震惊，我还没有往自己身上找到一个套路去重复思考和咀嚼，可是经过了他们，来到了他的这一晚，打开他家的这一扇门，我才体会到这件事。

从一开始"以一份甜点换一个故事"，当时就已经有很多的朋友觉得这对我而言很危险，他们多数是怕我被迷奸，怕陌生人在饮料里下药，怕我有了不能弥补的遗憾。

我想我是懂的，但我还是瞒着朋友们创立了故事贸易公司，似乎也找不到原因，只是直觉地相信，我若不做，就会后悔。这一次的旅程其实也是，我曾开玩笑地跟朋友说："你们阻挡不了我，就只能祝福我了。"

此刻的我在花莲的某间小店里，忽然觉得自己的无所畏惧其实很天真，或是说很奢侈，因为没有真正地被陌生的世界欺负过，所以才能义无反顾地去相信世界的善良和美好是一种恒常的状态。

我忽然对于以前自己写的那些，好比"要始终相信善良"这样的话感到不安，那样的话很美，充满价值性的语言容易骚动人心，容易变成风向，但说着那些话的我，却是如此骄纵，想到这些，我就觉得很羞愧。真正能把这些话说得有重量的人，是见过了世界的恶仍相信善良的人吧，比如这趟旅程里遇见的那一个，从小在家暴环境下长大的她。

有一种感觉到旅程快要结束的心情，我跟这些小房东聊起的东西，好像也不局限于他们要和我交换的故事，我们交换的，变成一种当下的状态，就像甜点换故事的时候后来感受到的那些。

"成为住在自己的名字里的人，而不只是让名字住在这个世界上。"

这是我昨天想起这个故事时写下的句子。张西，张西，好像我终于能把这两个字在一次次的反省里，看成是一个真实的自己。

我想到曾有个朋友说："你把张西建构得太美好了，所以会觉得自己配不上。"

当时我感到很深很深的难过，因为我没有去建构张西，那是真实的我，只是不是全部的我。有趣的是，这一趟旅行，走到那些总是看着我的文字的人面前的，是全部的我。这也是一种练习和厘清吧。

这一篇日记写起来好像淡淡的，但挺自在，可能没有写下太多关于他的故事，但梳理了很多的自己。

二〇一六年十一月九日，凤林镇上的一个晚上，适合放慢步调，深呼吸，轻轻反省。

其实，这一趟旅程出来，

我才觉得，

自己是一个被保护得太好的小孩。

21 随性先生

就怕我们听得见自己的声音，
只是不敢听见，
于是不敢存在。

一年前我们曾经见过，在我心血来潮举办三更讲座时。

那时的我正在剧烈的失恋里，情绪失控，文字也失控，行为更是在失控的边缘，虽然现在想起来很轻，可是画面仍是很清楚的。当时我有一份短期的项目工作，与杨环在同一个办公室，我记得那天午休时，杨环跟我说："欸，我想做一件疯狂的事，随便什么都好。"小小的上班族是不太能说走就走，拖着行李就出发的。于是我想了想。

"不然，今天凌晨三点，我们来玩一个三更讲座。"我说，"我在故事贸易公司上面征人，邀请一些读者跟我们一起聊自己做过的最疯狂的事。"

杨环看着我，没等她说好还是不好，我就决定要这么做了。三更讲座其实一直是我心里的一个小念头，只是从没有真正执行，毕竟，"凌晨三点""陌生人""大安森林公园"这几个词加在一起，听起来并不太安全（尤其是凌晨三点和陌生人）。

没想到最后有十五个人报名，来了九个人（其中有五个睡着了没有爬起来，一个被困在车站）。而他是九个人中的一个，当晚的每一个人都没有说出自己的名字，每个人都有一个代号，比如，我的一个好朋友，叫想太多小姐，又比如他，叫随性先生。我们用个性替自己命名。

那是很奇妙的一晚。我跟杨环十点就睡了，凌晨两点时我们把彼此叫起来，一起到复兴南路上的永和豆浆买了十三杯热豆浆。十月底的台北，已经有点微凉了。

那一天的他是随性先生，我们在大安森林公园的露台围坐成一圈，我已经完全忘记他长什么样子，只记得他说的故事。他说他很随性，有一次心血来潮想从花莲骑车回台北，他就这么做了，在一个很深的夜里。对他的印象，大概就这么多了。这次看见报名窗体上有他，就特别想再见他一面。

来花莲的第二个晚上，我们约在花莲火车站。他说，他有个朋友也是我的读者，想和我一起用晚餐，所以那天，除了遇见他以外，还有他的好朋友。

写到这里的时候，我其实删掉了一句话："他和他的好朋友都是那种很简单的人。"因为我忽然发现，这趟旅程里，我好像频繁地写着这句话，不知道为什么，对于这些陌生人，我都是这样的感觉，所以总会忍不住这样描写他们。

他很斯文，白白净净的，带着一副粗框眼镜，高挑的身材，他的朋友也是，格子衬衫，粗框眼镜，干净的脸庞，笑起来很好看，跟他们说话很舒服。我们像老朋友那样，在小小的房舍里吃着火锅。

"一开始，我在执行一个计划，是几年前，我们想给一些来到花莲的旅客提供不用钱的指南，我们还设计了名片，在火车站附近发名片给那些观光客。后来我们观察啊，他们都会很亲切地说谢谢，可是不会向我们发问。我们想，也许自己一个人拿着地图，自己一个人主动去找出他要去的目的地，也是旅行的一部分吧。"

我一边听，一边把猪肉片丢进牛奶锅里，脑袋里跑出很多句子，但我没有说出任何的话，示意要他继续说下去。

"后来，我们不想做自己不开心的事，一件事情做起来自己开心似乎是很重要的，所以就决定改变方向，变成'小遇计划'——遇见的'遇'。我们在各大火车站、轻轨口，跟别人击掌，可能就像很流行的免费拥抱，不定时，想到就去，每一次无论人多人少，我们都很开心。"

我把嘴巴里最后一点点食物嚼完，轻轻地笑了。

"以前，我会觉得，这件事很有趣，但我不会去做，因为我觉得它没有'然后',我想做可以累积的事情。"我说,"但其实,这个想法好像太自负了。怎么说,我也有好多那种一次性的念头,最后持续做,做出所谓'然后'的也没几件,可是后来,我总会给自己这样小小的期许,希望我做的事情,都有所累积。"

他看着我,坐在对面的她也是。

"可是现在,我会觉得这样的事挺好的。"我转过头去看她,继续说,"这些,都累积在自己身上呀。我在想,以前我会这么想大概是因为太在乎别人的想法,又或是,确实,在这件事里,好像看不见一个实质性的累积,可是我们做的每一件事,其实都是把自己做一次次的调整。所以我觉得,挺好的。"我笑了笑,他们也是。

接着我们之间有一些些小小的沉默,我知道不是尴尬,而是需要把这些话想一下。我又丢了一片生猪肉到锅子里,再次开口:"而且,这种不需要管有没有然后的计划,做了,你们都很开心,也就好了吧。我相信你们也仍有其他想做的有然后的事。也许不是每一件事都需要有然后。"

那是很开心的一顿晚餐,好像时间暂停了。我们聊的内容大多不太像故事,而是想法。她跟我分享她什么时候开始思考自己的价值，思考自己与社会的关系，现在的她在澳大利亚念影像设计，那是她的兴趣，她在自己喜欢的路上尽自己的努力。看着她，我想起念传播的自己。时常会有人问我，我是念什么的。最常被猜的大概就是文学院或商管学院，然后我都会笑着说，是传播学院。高中以后，我们所学的东西，真真实实地影响着我们，尽管有很多的大学生总觉得，大学学完了，也不知道自己要做什么。

"还是不免俗地会因为在意别人的看法而害怕去选择吧。"她说，"就好像在对世界呐喊。"

"可是，"我皱起眉，**"我们从来没有停止对世界呐喊呀。"**他们一起看着我，我把筷子放下。

"有的人是为了让别人听见，有的人是为了让自己听见。被听见了，于是我们就觉得自己存在了。其实，最怕的是，我们明明听得见自己的声音，却不敢听见，我们不敢在自己这里存在。因为怕那样的存在不算存在。"

他们没有说话，但嘴角还是漾着淡淡的笑容。这大概就是我跟他们说话的氛围，一直都淡淡的，很自在。

后来，我们去海滨公路散步，但是她要赶十点的火车回

台北，隔天凌晨五点的飞机，她要回澳大利亚了。在他载她
去火车站的空当，我在海滨公路上听海浪的声音，其中一只
耳朵放着汪晨蕊版本的《爱情转移》，感受忽然特别多。于是
我拿出手机，依着自己脑海里跳出的句子，打了一小段落的
文字。与我跟他们的谈话无关，那几分钟，好像就是自己的。

他看我很喜欢海滨公路的感觉，就问我，有没有看过花
莲的夜景，我说没有耶，他说我们回去的路上可以顺便去看，
我说好呀，然后我们就到了向阳山。这是我第二次看夜景，
第一次是跟前一个男朋友，我没有看过夜景，记得当时我只
是随口说说，他就找了一天，查了路线，把我载上山，但其
实我仍对夜景的浪漫情怀没有很深刻的感受。

我们叮叮咚咚地上了向阳山，看见了整片花莲。他有一
种绅士的气质，让人感到这样的氛围并不暧昧。后来我总跟
朋友说，这次的旅程里，遇到的男生都是这样的，所以确实
在有着危险性的人性面前，我们仍很纯粹地只是相遇然后道
别，当一夜彼此的过客，交换一种彼此的状态。

嗯，状态。

"其实，我一开始很抗拒报名这个活动，因为我觉得自己
的状态不好，好像还不能好好地见你一面。"他说。

"可是我的状态也不好啊。"我笑着说。

"总觉得我应该要把自己整理好了，才能来见你。"坐在他的摩托车后座，我觉得这句话似曾相识，好像前几天的某个小房东也曾经这么说过。这是什么样的心情呢？我其实挺好奇的，但我没有问，是后来，我坐在咖啡厅里打着字，才深刻地感觉到，无论状态的好坏，我们的相遇就是一场交换，看着此刻的彼此，就算不是最美好的样子，也仍值得收藏和纪念。

他说，其实他的家里最近发生了一些事情，让他觉得很无力。他没有说得很仔细，我也没有多问，只是想起了自己曾经也对家里或是"家"这个印象的无力感。

"会不会是因为我们既定的美好想象被松动了呢？我们以为美好的记忆会延伸成美好的未来，但当某些变化把这样的延伸阻断，我们便开始感到不安，甚至让不安倾轧了生活。可事实是，美好的记忆从来不被保证会延续成美好的未来。"我说。风从我的左右侧灌进我们之间的空隙，我的头发被吹得纷乱，"我们一生的样子，要走到最后回头看，才能够被看清。"

他坐在前座没有说话。我想，我们每个人对待自己伤口的方式都不同，**有时候是别人伤害了我们，有时候是我们对于一件事情的期待不如想象，于是自我伤害了。**

回到他家后，他很有礼貌地说他今天睡客厅。他的住处是家庭式的，住了两对情侣和几个男生。走进他房间的时候我其实挺讶异的，那儿很不像一个男生的房间，但也不是说很女性，而是很干净。咖啡色的地板，抹茶绿的瑜伽垫，还有小小的书柜和桌灯。我看见柜子上有很多小小的玩具，其中有一个是纸黏土做的艾莉缇（《艾莉缇》是宫崎骏动画电影的其中一部）。他说，那是女朋友做给他的，因为他很喜欢艾莉缇，可是总找不到艾莉缇的小玩具，于是女朋友就做了一个给他当生日礼物。

当下我就想，啊，这就是一个平凡简单的男生，平凡简单的生活吧。或是说，每一个平凡简单的我们，都是如此，有着平凡的烦恼，有喜欢的平凡的事物，有想做的平凡的事，可能这些平凡都不尽相同，可能我们也都不是同一种人，但我们都这样带着困惑和期盼在生活。

其实，到男生的房间我本来都会有点担心，可是这几次我遇见的人都有着善良的心，让我觉得挺安心的。我笑着问他：女朋友不在意吗？他说有跟女朋友沟通好，然后我也笑了。谢谢他的女朋友，让我有机会能这样去仔细观察一个人的生活细节。

隔天早上，他推荐一家早餐店的三杯鸡系列，我点了三杯鸡翡翠抓饼，一打开后，我忽然觉得很幸福，我好喜欢这种色调。"对了，张西，昨天我的那个朋友想问你，如果想要给这趟旅行一个颜色，你会选什么呢？"他跟我一样坐在地上，打开他的早餐，抬头问我。

"就是三杯鸡翡翠抓饼的颜色吧。"我想了一下，然后这么说。

"为什么啊？"

"不知道，可能是很符合我现在的状态，鹅黄色、抹茶绿和深咖啡色，我觉得特别接近地面，有一种很踏实、很舒服的感觉。"我说，"就像这趟旅行，到现在，我累积的感受。"他笑了笑，我也是。

"其实，你出书那阵子我以为你变了。"他说的是我的第一本作品《把你的名字晒一晒》出版的时候。好像忍了很久似的他忽然开口，我很认真地听，因为确实，他看过一年前的我，尽管我对他记得很模糊。

"怎么说？"我问。

"我以为你要变成那种很商业的创作者了，要开始写那些很独断、离我们很远的事，或是依着大家喜欢的样子，变成大家喜欢的样子。就是，不是原本那种你喜欢的自己的样子了。因为一年前，我觉得你很喜欢自己的样子。"他说，"可是后来，我怕你喜欢的是别人喜欢的你的样子。"

"我也迷失过呀。"我笑了笑，然后把我的迷失故事好好地跟他说了一遍。

"嗯，我看到你后，才觉得，对耶，你没有变。可能变过吧，可是你也是跟我们一样的平凡人，我好像把这些很厉害的人想得太完美了，然后就会觉得，他们不可以偏离我的想象，一定要这么完美。"他边说边笑了出来，我也是。其实，这样多好，看见自己那么普通，于是才活得那么自在，笑得那么开怀。

二〇一六年十一月十日，旅行进入倒数第十天，没想到写着写着，这三十天就要过完了。

我想用这样的步调，一天一天慢慢地把这些故事写完，无论长成什么样子，就像张凯说的一样吧，在随性的旅行里，也要保有自己的原则，比如持续地书写，这是我答应自己的事，所以要做到。

还有好多感受，但就留着吧，也许回到家以后，这些故事会更深刻。

可是我们做的每一件事，

其实都是把自己做一次次的调整。

22 黑暗面

"你走慢了我的时间。"

矛盾和挣扎也是一种厘清的方式，可能比较慢，比较让人害怕，让人忍不住看见自己赤裸的懦弱。

"可是，你要看见自己的黑暗，你要和自己的黑暗共存，你才能继续生活。只是人们好像被所谓的正能量弄怕了，怕所有的负面都会带来负面的影响。"她边说边露出很好看的笑容，像是从一个很远的黑点里走来，仍带着自己的光。

在心理剧里，她演了别人的黑暗面，她只问那个人一个问题："你会回来看我吗？"那个人哭了，她也哭了。然后那个人说："会，我会回来看你，但是用不同的我回来。"那一刻，她觉得母亲的离开其实并不可怕，其实她只是忘了可以用另外一种眼光看待自己。

这是在花莲的第三天。她是一个咨商心理师，养了一只狗，现在正在念咨商研究所。

"我觉得旅行到这里，我看见了人们的相同，就是生命从来都不完满，每个人都带着伤口生活，可是还是活下去了。老天爷给我们一样的生命元素，比如快乐，比如痛苦，我们的个性支配着这些元素，铸造出我们的命运。我觉得很有趣，

人们用经验活着会感到比较安心，用想象活着比较随心所欲。
生命明明没有通则，我们会从很多的相遇和离别里拣选自己
愿意相信的信念，拼贴成自己的样子，却仍忍不住想，我是
不是能有更好的人生，我是不是能有更好的未来，我是不是
应该像谁一样，做像谁一样的事。但不存在吧。不存在，可
是仍要找寻。因为一个人的样子，是要走得够远了，回头看，
才看得见。"

　　后来的我和他们，谈自己越来越少，谈越来越多的观察
和发现，好像故事只是一种价值观或生活方式的装饰，我们
穿不同的衣服，说不同的话，却可能是同一种人，相信着同
一件事。

　　在花莲遇到张凯后，才很真实地感觉到，三十天对这趟
旅行而言似乎太长了，可是这种感到冗长的步伐也是旅行的
一部分吧。她说，旅行也会累啊，你会看见在时间里被拉长
的自己。我看着她笑了笑。我本来想跟张凯说，这个小房东
是一个很简单的人，但我发现在这趟旅程里，好像每个人都
是简单的人哪。忍不住想到前几天收到的一个小房东的讯息，
她用爱因斯坦的相对论形容了我的旅程：

　　"在台湾不同城市的我们因为你的这场旅行而有所关联，
就好像小时候在玩绳结，一个一个被串起来，有了唯一的共

同点，就是你。爱因斯坦的狭义相对论提到，当物体在真空中以光速前进时，距离会缩短，时间会变慢。你在这将近一千公里的旅程里，放慢了我们的时间。不同的故事在一个晚上压缩成了银河里的星星，有了自己的时代与状态，却一样闪烁明亮在此刻。"

我好喜欢好喜欢这个说法。

"你走慢了我的时间。"这样说起来，怎么看都觉得好浪漫。

23 你的前方永远会有好事

我们纳不进太多的故事，
但这些已经足够我们在年老的时候，
一件一件慢慢忘掉。

她是个很轻的人，从台北来到花莲，跟之前遇到的小房东很不一样。她身上确实有着台北人的特质，后来我逐渐发现，真的，每个地方的人，都不免会有来自那里独有的样子，甚至是思想。但差异不等于优劣，有时候我们无权选择的那些，其实藏着更多的选择。

> 不知道你来之前发生了什么，我只知道你是过客，马上就会离开；但即使如此，还是希望你的前方永远会有好事，会有只单纯想对你好的人出现。这是我送你的二〇一六年秋天。
>
> ——佩

打开她在分别时塞给我的纸条，花莲的阳光热热的，还有一点海的味道。

我觉得每个人都在一个点里面，用年岁挣扎，再用后来的自己去厘清每一个看不清的当初。大概是像烟火吧。一束小小的火苗，挣扎成一闪即逝的花火。可能，匆匆，就是生命的样子。我们纳不进太多的故事，但这些已经足够我们在年老的时候，一件一件慢慢忘掉。

　　明天是在花莲的最后一晚，接下来就剩一周了，三十天，真快。起初还没准备好要开始，现在却是还没准备好要结束。

24 单纯过渡

愿我们，不把自己的缺口当作缺陷。

　　我在花莲的最后一个晚上是遇见了她。她是父母的掌上明珠，每天都还是要跟母亲打一通电话，在她身上看不太清"妈宝"的影子，她其实挺独立的，来到花莲念学士后中医。记得吃完晚餐后我跟她说："我相信你会成为一个很棒的中医。"这是心里话。虽然我还乱七八糟地要她帮我把脉，她说："你的脉很深，应该很累吧。"可是看着她，我却感到很放松。我和她聊了很多自己，就像心已经要飞回台北了那样。

　　搭车前往宜兰的时候我在想，没有谈过恋爱的她，二十六岁，如果受伤了怎么办。我忽然很感谢自己的人生，在某一处就开始有了裂痕，**那些裂痕变成了一种空间，能慢慢淘汰某些旧的自己，或是，淘汰不了的，还能有个地方，缓缓把那些伤口折叠、收好。**

　　回到台北后，想起她的笑容，仍能记得那种放松的感觉。她说："你看，从我的窗户看出去，是中央山脉。"我笑了，想起我是从山的另外一边来到这里的，遇见她，忽然就觉得奇妙。时间与空间，都像不存在的那样存在着，等有一天，我们在别人身上发现，原来存在和不存在，都可以无所谓，只要此刻我记得你，那就好了。

25 准大人

世界和你想的不一样，
也和我想的不一样。
可能，世界并不存在。

这一天的我在宜兰，她是这趟旅程里第二个十七岁的女孩。

她喜欢纸胶带，我们玩了一个晚上。她跟我分享了好多她的梦想，好多可爱的念头，我像是看到了十七岁的自己。可是，怎么说，我开不了口，我无法跟她说，世界跟她想的不一样。也还好我没有开口。因为我知道，当年十七岁的我，听见这样的话每每都觉得刺耳。六七年后，她来到我的年纪，那样的世界，我也不了解，所以我怎么能用此刻看见的世界，去评议此刻她想象的未来的世界？

说起来挺有趣的，我喜欢跟她聊天，因为她会用一种腼腆的表情傻傻地一直笑着。我忍不住跟她说："你的眼睛笑起来很好看。"然后她又傻傻地笑了。我跟她稍微聊了一下近几年炒得很热的"文创"这两个字，因为她对文创很有兴趣，我们交换了观点。或是说，我听着她对于文创的想象，然后我有些起鸡皮疙瘩。我猛然想到自己读大二的时候，上了某一门课论媒体素养和识读能力，我们所接触到信息的方式太多，信息内容却又过于局限，我们仍有一丝丝以喜好为过滤的筛选行为，但又不甚完全，而我们所筛出的那些信息，是更靠近还是远离事实？可是，哪里又有事实，我所看见的和她所看见的，怎么区分谁真谁假？

　　太多太多了，在那个晚上我不断地东想西想，面对一个十七岁的她，我却有很长的时间都是沉默或轻松地大笑，可是很靠近心底的地方，其实有些彷徨和不安。每一代人看见的世界，每一代人在以自己的方式努力推动的世界，到底是什么？

　　她说："我想成为像你一样的大人。"我开玩笑地说："你确定吗？我很穷，而且不懂你最爱的纸胶带，还有我大笑起来不很优雅。"听着这话，我心底是挺有压力的，原来，我已经一步步，要去成为一个大人了，可我还有太多不纯熟的地方，有太多她没有看见或是我已经太习惯去隐藏的缺点。

　　那天晚上听说有着六十几年来最大的月亮，我们一起在她们家的顶楼看月亮，甚至还看见了冬季大三角的星象。看着看着，我就跟她说了一个大鼻子先生的故事，讲的是大鼻子先生决定要在星星上面死掉，于是他花了一天的时间准备这件事，最后他就搭着火箭往一颗星星去了，也不知道他有没有抵达那里，有没有真的死掉。睡前我把故事取名为《没有时间的一天》。她很喜欢，我也是。

　　那些没有逻辑的故事，有时候想起来，更让我觉得放松，然后想做动画电影的梦想，又悄悄被燃起来了。

到台北车站的时候，知道一张悠游卡就可以回家了，但我还是拐了一个弯，进了火车站，要把最后几天走完。

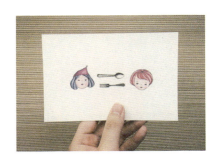

每一代人看见的世界，每一代人在以自己的
方式努力推动的世界，到底是什么？

26 平行时空

这里很小，
但是每个人都在流浪。

"你听过平行时空吗？"她问我。我点点头。确实，也许她和我想的一样，我们好像在不一样的时空里，遇上了很像很像的事。

她三十二岁，有一个八岁的女儿，未婚夫在她怀胎七个月时离开了她。在她的女儿入睡后，我才觉得她像一个大女孩，有着伤口，有着悔恨，有着埋怨，也有着感谢；有着自己的角落，有一个小小的远方。她说自己像是一只被淹死的鱼，她的朋友反问她，鱼怎么会被淹死。我皱起眉看向她说，可能就是不会游泳，才被淹死了吧。她用一种"原来你了解"的眼神看着我。我想起几年前自己在英国时写下的一个念头，海水和鱼的关系，就像爱和我们的关系，我们不是生来就懂爱，所以始终都在学习如何爱与被爱，如同鱼，我想，有些鱼，应该不是生来就会游泳的，比如她。

她是这趟旅行开始前，我最期待的一站，因为她在新竹，她说自己没有故事。新竹，对我而言那么熟悉又陌生的城市。后来，在她家的小沙发上，她说她一直在想，自己为什么会是一个没有故事的人。

"因为我没有办法把那些过去对自己说，那我又该怎么跟别人说呢？"所以她想象当我们遇见了以后，我们只会沉默地对坐着。我确实感觉到她的小心翼翼，但不是对我，是对她自己，提起那些太残忍的过去时，她总是用残忍带过。后来我在想，**也许残忍的不是伤害本身，而是我们永远无法抹去那些伤害，让它们不再重新来一次。**

"所以，看着那些巨大又疼痛的伤害，我无法假装洒脱地说我不后悔，我很后悔，后悔死了。"每次听着她说话，都觉得她特别真实。

从她的书柜里，其实就可以看出她是个怎样的人。她问我："你觉得我是什么样的人呢？"我说："海，你像海，看起来平平静静，就像这些书，读起来淡淡轻轻的，但想起来会深深的，很深很深。"她笑了，然后才告诉我她曾觉得自己上辈子是一条被淹死的鱼。

"有一天，我是说假如，会有那么一天吗，你会把关于孩子的爸爸的故事，告诉女儿？"坐在她的小沙发上，我问她，没有带上特别的情绪和表情。

"也许不会吧，我心底其实希望有一天女儿能自己来问我。可能那时候，当我敢承受自己被问起这件事，我才能真正好起来。"她没有看向我，只是看着她大大的书柜。

"你知道吗，在这趟旅行里，我好像遇见了你女儿长大后的样子。"我看向她，然后把在西子湾那一晚的故事告诉她，"那个女生很想知道自己有没有父亲、父亲是谁、他是生是死，为什么她的生命里，连一个父亲的名字都找不到。

"所以，也许你的女儿也正在等你告诉她，她会很聪明地知道自己不该问，很聪明地知道关于爸爸的事可能就是关于妈妈的不快乐的事。"我说。她转头看向我，没有说话。我们就这样沉默了一会儿。我不确定自己这样是不是说错话了，如果没有这趟旅行，没有这些小房东，我恐怕也不会有这样的串联、这样的想法。我很怕这些是多此一举。

"谢谢你告诉我这个故事，这是我没有想过可能会发生的未来。"沉默了一会儿，她说，"遇见你，好像遇见那个当年被我埋掉的自己。"她看着我的时候，我常常觉得那个眼神不应该是这个时空的眼神，却又无比熟悉，大概是那样的感觉吧。

在旅程的最后几天里，我总觉得，她是注定来让我的旅程有个美好结束的人。距离回家剩下不多的天数，坐在台北的某个角落，我想起她说的那句话：

"这里很小，但是每个人都在流浪。"

　　所以，也许，我们的心里都有一处想起来就会忍不住掉下眼泪的角落，无论那是不是家，都是我们惦记的地方，有了那个地方，身处现实和嘈杂人生里的我们，才有力量继续活下去。

　　比如，为什么我会来到这里，与她相遇。我很诚实地跟她说："只因为你在新竹。"那是我小时候生长的地方，虽然没有太多的记忆，但也并不少。那里有很完整的我，也有很破碎的我。遇见她以后，新竹好像不只是我所认识的新竹了。

　　"我觉得刚出生的我们是最完整的人，然后我们开始活着、开始破碎，我们会在这一生里，用各种不同的方式、形态把这些碎片找回来，或可能找不回来。像是，我觉得女儿是我的碎片，你也是。"她看着我的时候，我很怕她哭出来，因为我怕我也会哭。

　　"在这个时空的我，遗失了某些关键词——那些我无法阅读、书写和触碰的关键词。而拥有这些关键词的你，从你的时空将它们带来送给我。"

　　这是她给我的纸条，她说："你上火车再看。"我看完后的第一个念头是，**总有一天，那些没有看过的自己，会用一种自己防备不来的方式，找到你。**

那里有很完整的我，

也有很破碎的我。

27 经过台北杂记

也许我生来，就是个过客。

　　初三那一年，经父亲和母亲商量后，我开始住在台北。万隆、景美、木栅、内湖、大安、三峡。尤其这三年，搬了八次家。每一次都在台北找家，下一个，下一个。每一次离开都想着，自己一定会回来。它其实不完全美好，但总觉得可以在这里找到什么，于是一待就是十年。在这个我生活了十年的城市里，第一次，它不是目的地，我只是路过它。就像我第一次来到台北车站大大地迷了路一样。差一点，一个转弯、一张悠游卡，我就会跑去自己熟悉的巷子、找自己熟悉的咖啡厅，做那个熟悉的自己。

　　我忽然想念起那些快速掺和进我的人生的面孔，台中、埔里、云林、嘉义、台南、高雄、恒春、台东都兰、池上、花莲，城市的名字仍囊括不了一种生活，在他们面前，我普通得只是个过客。世界之大，念头会让人遇见一个人、一群人，也会让自己筛出自己的年华，成为长大的养分。里面的相遇也许这辈子，就那么一次，每天的日落，都可能是最后一次。恒常里的变量，带着荒唐，却扎实得无法从自己身上摘除。

　　不知道怎么说，踏到台北的土地上，站在台北火车站的月台上，我的衣着终于不再突兀，我好像回到可以容纳自己的城市，但又知道，这不是我的城市。

可能，我从来就不拥有哪个城市，只有一个名字、一个行李箱、一趟旅程、几张脸，走着走着，走完了一生。被抛弃也抛弃过、被选择也选择过。遗憾的仍遗憾，幸福的也仍幸福。

也许我生来就是个过客。有一把钥匙、一个角落、一个想爱的人、一些烦恼、几件热爱的事，那里就是我的家了。

世界之大，念头会让人遇见一个人、一群人，

也会让自己筛出自己的年华，成为长大的养分。

28 回到台北

当我们是彼此的过客，
我们也是被彼此拾获的碎片。

　　二〇一六年十一月十七日，离出发时的十月二十日已经过了二十八天。旅行剩下两天。

　　回到台北，就像回到熟悉的地方，只是自己变得有点陌生了。拖着行李箱在轻轨里晃来晃去，也不觉得自己突兀。找了一间熟悉的店，窝进去把接下来的行程做了一些整理。最后的几个小房东频频让我觉得心好满好满，好像他们是来替我的旅程做最好的结束的，从每一个人的眼睛里都好像能看见一个清澈的灵魂，待我慢慢去记录和书写。虽然我已经没有办法像旅程一开始那样写长长的记录了。我的心好像还不够深，还装不下这么多纷乱的情绪。

　　我发现自己这几天几乎没有办法在网络平台上发文，忍不住想着自己与网络的关系，为什么要写这些，为什么要做这些事。就在每每写完随意的笔记之后无法自在地把写好的篇幅按下发送，好像太满的瓶子，变得很沉默，脚步又轻又沉重。

　　今年冬天跟去年很不一样，我好像从很多人的世界里，带回了另一个自己。好像经历了一场穿越时空的旅行，**当我们是彼此的过客，我们也是被彼此拾获的碎片**。想起前天的她问我，听过平行时空吗。我点着头，确实，想起这趟旅行里的每一张脸孔，觉得每一天都是注定的，我好像一一地从这些陌生人的身上找到了自己遗失的碎片。

我好像有点语无伦次了。这两天，明明很想回家，明明知道回家后再前往下一站一定来得及，但好像就是不敢回家。因为回家，就表示这趟旅程真的结束了。可是我还不想从每一天晚上那么强烈深刻的感受里远去。

我好舍不得。

回到熟悉的地方，只是自己变得有点陌生了。

29 最后一晚我和她
在操场看星星

我不想成为那种让人一拥而上的人，
我想要在自己的轨道上，小小地燃烧着，
就算是走过几万光年后才被看见。我不在乎。

"文学不只是创作者的事，也和接收者、转译者、流传者有关，文学是每个热爱文学的人的事。"她看着我，缓缓地说。

她的笑容很好看，话不是非常多，但也不少，说了好多我所不知道的文学。我说："有你当我的最后一晚，好幸福，好像绕了一大圈，走回自己的原点，这都是注定吧，能不能让我搭搭你的肩？"她笑着点点头。其实我是想拥抱她。时间停不下来，我就算多缓慢地说一个又一个的故事，仍缓慢不了时间，只是让它用更快的速度流逝。我几度酸了鼻头，热了眼窝，这三十天，我何德何能。

我笑着说，也许我上辈子是一个小超人，救了一座岛，这辈子遇到的都是那座岛上的居民，成为遇见的每一个真心待我好的人。她看着我笑了。我说了很完整的木子先生的故事、很完整的我与姑姑的关系、很完整的我对出版社的信任和感谢，还有很完整的，在故事贸易公司之前的那些。好像有些旧的带不走的自己，就这样被留在这三十天里了。当这三十天结束时，我也要跟这些自己道别了。

"如果可以，我想当星星，而不是流星，我不想成为那种让人一拥而上的人，我想要在自己的轨道上，小小地燃烧着，就算是走过几万光年后才被看见。我不在乎。"我想着说着这些话的自己，是用如何的姿态活着，用如何的语言存在。仍没有答案，但也并不害怕了。

后来我们躺在淡江的操场中央看星星，满天的星星，还有好多好多经过的飞机。她说，这上面是航道，所以每天都会有好多飞机经过。我在想，多好，这里也是我的一段航道，能一个晚上看到那么多飞机，真好。便利商店最后放的是阿桑的《寂寞在唱歌》，我躺在她的床上打着字，她兴奋地打开繁齐的诗集，我也重复播放着《寂寞在唱歌》，还好我没有哭出来。

再也没有比这个更好的结束了。

最后我们窝在轻轨的窗边，重复听张磊唱的《南山南》。再重放一次的时候，我的目的地到了，她把右耳的耳机还给我。音乐还在继续。

"这首歌我要接着自己听完了。"我笑着说。

"真不想要你走。"她说。我接过耳机，笑得浅浅的。出车门前我又回头看了她一眼。"拜拜。"我说。然后我没有再回头。全部都结束了，用一种我没想过但挺浪漫的方式，就这样结束了。

被冲散在人海的每一个灵魂，只要有人记得，就值得深刻吧。亲爱的自己，还有这趟旅程里的每一个小灵魂，谢谢，谢谢。

再也没有比这个更好的结束了。

后记

后来

// 关于旅行

这是旅行结束后的第三个月。

旅行后，我很少频繁地向旁人提及这一个月里发生的故事，我不想好像去旅行了一趟，自己就变得伟大了。旅行不会让人变得伟大。

回到台北后，我恢复了和旅行前一样的生活，接案、写作、演讲。一定有东西改变了吗？我不知道。我只知道，这趟旅行，并不如我所想象的，一定得捧着一本书待在咖啡厅里写几本笔记，又或是要看似狼狈地用晒成小麦色的肌肤去与路人搭话。那些旅行部落客与小清新电影里所呈现的旅行，都没有在我身上发生。大概是在最后的几天里，我才缓缓地意识到，就旅行本身而言，我们怎样的性格、怎样的目的，才决定着旅行的样貌。旅行没有范本，没有应该的收获，或应该的心得、应该的样子。

// 关于台北

一直到现在，要我说出一个当时出走的理由，仍会是同一个：我觉得我的人生卡住了。卡在"台北"两个字里。台北原来好小好小。

其实日常是没有情绪的，那是一种带着幸福也带着伤痕安稳地活着的状态，侵扰日常的事情才让情绪跑了出来，比如谈恋爱、失恋，比如宠物去世，比如工作不顺利，比如意外。而在太久的没有意外的日常里，旅行完后，那些情绪起伏，也逐渐被稀释了。很强烈的悸动，几个月后，不讳言它们确实变淡了。然后，台北，对我而言从很近，到很远，现在又近了起来。

其实在整理书稿的时候才逐渐感谢S的提议，把它们集结成册，也许哪一天，我又在这样的日常里快要溺毙，我可以打开这本书，提醒自己，这些情绪都是存在的。

台北台北，我仍不知道自己是不是属于这里，这里让我感到熟悉，但心底始终知道，它或许养成了后来的我，却不是我的根。我们是布，会被浸湿、晒干、染色，怕的是我们以为自己是染料，终生只有一种样子，但其实我们是布，可能被撕扯，可能被拾获，可能拥抱别人，可能递出温热。大概是这样吧。在这个城市，这样认知自己，这样的生活，无论走进了哪个城市里，都足以把自己好好地包覆着。

// 关于陌生人

旅行中有一晚是很特别的，十月二十七日。二十六日晚上我收到二十七日晚上原计划要去留宿的小房东的讯息。他是个男生，他说，他的母亲认为一个陌生女子来到自己的家里过夜是很危险的事情，于是拒绝了我的来访。在活动一开始我有向每个小房东确认家人的意愿，因为，就和 S 说的一样，这是私领域，并不是每个人都愿意打开那扇门。而当几个人组成了一个家，那扇门后就是那一群人的私领域了，每个人都有那个私领域对陌生人的权限，可能有比例的高低之分，但都有权表达与反对。

想想这是件很有趣的事，好像整个旅行中，他的母亲是最真实的人。确实啊，怎么就让一个陌生人去过夜了呢？发生了什么事情谁负责呢？整趟旅行结束后，我把那天的故事告诉一个朋友，他说："咦，不对啊，这明明是两个人同时承担着意外的风险啊。"我听着听着笑了出来。是啊，每一场相遇不都是这样吗？我们都是带着对方也许会就这么改变了自己的可能而开始对话，开始后来的交集或没有交集。只是人们对于陌生的人，仍不免会带着恐惧，就像是故事贸易公司在一开始，以"一份甜点和陌生人交换一个故事"进行故事贸易时并不如想象中容易一样。

事实上我面对陌生人时也会带着害怕，回到家后，我才惊觉自己是不是太过鲁莽和冲动，同时我也感谢，在这些鲁莽和冲动里我所遇见的每一个人，都是单纯地只想对我好的人，无论是故事贸易公司一开始的甜点换故事，还是这一次的沙发换情书。

// 关于故事贸易

二〇一三年十二月三十日，几年前的晚上，我在Facebook上创立了一个名为"故事贸易公司"的粉丝专页，那时候还没有张西，Instagram也还不盛行。我只是想在生活里找一点乐子，想找个地方能投放自己在生活里的小感触，于是开始用一份甜点和一个陌生人交换一个故事。二〇一四年，我换到了十个故事，二〇一五年七月，我被三采出版社找到。二〇一六年五月，我的第一本书出版了。在诸多的校园演讲里，很多读者以为故事贸易是我书写的起点，但其实它只是一个转角，原来的那条路，直直远远的，回过头会看见小学三四年级的自己，还有待过数个网络平台的自己。

后来我觉得，它像是我在网络生活里努力想抓取的一点真实，因为每一场故事贸易，都是真真实实的我看着对方的眼睛，说着话或大笑着。曾有朋友跟我说，其实认识新朋友，或跟路上任何一个陌生人搭讪，都算是故事贸易，它并不特别。我不否认，甚至很赞同，可是在我心里，它对我而言一直是特别的，它甚至改变了我，让我拥有了自己未曾想过会拥有的身份，让我的生命里多了一群我没想过会那么亲近却又有点距离的人，让我达成了小时候很向往的某些事，也看见了在那些向往的美好背后，有很多的责任和义务要担，有很多的时光必须加倍努力。

旅行后，有些读者询问我，二〇一七年还会有这样的旅行吗，或是，还会有故事贸易吗。当然，对于故事贸易我总是给出肯定的答案，因为我是这么相信着。不一定每一次的故事贸易都会变成出版企划（一开始的甜点换故事就没有），也许有一天 Facebook 会不见，会有新的、更亲近人的网络平台崛起，人们会用更不一样的方式生活，但我想，我不会停止故事贸易。它不会因网络世界的更迭而不同，因为它是真实的相遇。直到现在，我都感谢着三年半前的自己创立了故事贸易公司。

"张西，希望你能继续完成每一个你的人生企划书。"有一个读者在旅行后传了这么一则简短的讯息给我。我也简短地回复了他："一定会。"

// 关于网络

旅行中途我发现另一件有趣的小事，旅行时我好像不那么喜欢在自己的网络平台频繁地发文了，虽然每天都还是有发着固定的照片和篇幅较短的故事，但我知道那是很直接的报平安，还有跟读者们分享旅行的故事。对，跟读者们分享。我怎么会有这样的想法呢？是我起先就有的吗？在我创立故事贸易公司、建立一个 Instagram 账号的时候就有了吗？没有啊。那这些故事为什么要被公开地陈列，像展品一样地被观看，书写是赤裸的，而我允许自己这么做了吗？

我想到了很多被称为网络红人的人，又或是换个方式说，在网络上有影响力的人，他们是如何地思考自己所公开的东西呢，是像经营美术馆一样小心筛选着每一幅画作吗？甚至不需要是网络红人，很简单平凡的大学生、高中生、社会人士，又是如何思考在网络上的自己的呢，还是从没思考过？我好奇的同时也困惑着。我没有答案，然后绕了一圈再次想起自己。

我知道，有一天，我也会像泡沫一样消失在网络世界里。人们总是聚集、散去，然后，再次聚集，再次散去。对我而言，网络是很真实的，却也很容易被架空和取代。所以再次谢谢Ｓ，谢谢整个三采出版社，让我在现实的生活里，能出版一本本与网络截然不同的作品。而对于网络与现实更多的论述，关于书写之于网络、网络之于书写的诸多想法，我想我可以保留在以后的作品里。

"我们没有生错年代，但会不小心活错世界。"

大约半年前，这是我偶然写在自己的日记里的一句话。当时是写给自己的叮咛，现在仍是。法国作家纪德也许是怕自己的情绪在文字里太过赤裸，所以曾把情绪对话投放在不同的名字里，那个名字有时候代表的甚至是他自己。我在想，后来我越来越常写日记，在网络上的文章越来越片段化、不完整，也许是在书写时我仍只能诚实，可是在网络世界里，我逐渐不敢太赤裸了。我仍在学习，在我的情感能诚实地被完整书写，并不伤害自己与他人的前提下，继续在网络世界里存活。尽管有一天我会从这里不见，但至少存在时，能用自己喜欢并自在的方式存在。

// 关于被我删去的那些

• •

这趟旅行有三十天，我并没有把每一天的故事都如实收录，在旅行后也把每一篇故事都重新做了调整，有的微调，有的大幅度更改。

其实这一两年间，我在学习一件自己不曾学过的事——做一个优雅的人。我知道自己并没有做得很好，常常还是个嬉闹打混的年轻人。可是"当你有了一定的影响力之后，你就要知道，你说的每一句话都要更加谨慎小心。可能说社会责任太沉重，但你得学着去收起部分意识的自己，想一想是不是真的适合那么直白而赤裸地被公开。在不改变你书写初心的前提下，你要学着适应这个新的社会角色，但永远不要因此觉得自己比别人重要。你可能比较不普通了，但也仍是个平凡人。你只是热爱书写，记得这件事情就好，你要一直写下去"。一个朋友在听完我对自己身份的转换而有的彷徨后，这么说。

后来，我想到张小燕说过的这句话："不要把自己看得太大，无论是你的沮丧或者是你的骄傲，其实都没有那么大。你以为全世界都看到了，但其实没有。"我一直很喜欢这句话，因为我从小并没有想要成为一个有影响力的人的梦想，我相信影响力不等于一个人存在的大或小，也不等于自己的所有都有被接受的义务。在平凡的生活里，在"张西"这两个字里，在读者面前，我仍只是个普通的女子。

那些被删去的故事，不是不好，就像这些被看见的故事里，也不全是幸福快乐，我把它们藏在很多生活的小短篇里，可能某一天，又会被收录进其他的作品。其实多数时候只是，我怕它们的赤裸，会再次伤害了我。

"写字的人有时候会太过诚实，以致太过懦弱，努力地把所有情感都留在字里，然后允许自己逃跑。"

这是后来，我把它们删掉后，写在日记里的句子。

// 关于后来的我和他们

后来，我与他们每个人几乎都没有特别联络了，就和故事贸易公司一开始遇见的那些陌生人一样。在旅行开始时，我就告诉自己，也告诉他们，我们会回到几近陌生人的关系，那一晚（或是那一个下午），我们才有办法把最多的自己掏出来，因为知道此生可能只见这一次面，所以能忘却时间，把灵魂摊开。也许是这样，打开那些门，总觉得那些房间里不存在时间。

　　曾有一个男生在以甜点换故事的时候成为我的贸易人，他在故事贸易结束后哭了。他说，怎么会呢，我们刚刚明明靠得那么近，为什么一转身就变成陌生人了。当时我不懂为什么这值得流下眼泪，旅行后我才懂。这些人，那么善良可爱的人，以他们的灵魂做我生活的胎记，我们成为彼此某个时空的关键词，我们在二〇一六年的秋天，因为网络、因为文字、因为故事贸易公司、因为"张西"两个字，遇见，然后道别。

　　昨天的路总是特别长，因为看得见自己是如何走来的；明天的路总是特别短，因为未知的每一步都可能是变量，都可能一个转弯就是另一个人生。

　　谢谢在纷扰的生活里，在嘈杂的人海中，在偶尔荒芜的记忆里，我们的平凡因为相遇而那么富足。**谢谢那些晚上，你让我走进了那扇门，你用那么刚好的姿态，把我的时间走慢了，慢得当我再次想起你时，你仍那么耀眼。**

　　平凡的日子只要记得了就会发光。所以真的，真的，谢谢，谢谢。

// 关于出版

··

终于写到这本书的最后一件事了，也是关于会出现这本书的第一件事——原本不会有这本书的。

旅行开始前，它就不是一个以出版企划为缘由而出发的行为，出版社只是稍稍提及这或许可以变成出版企划，当时我一口拒绝了——这是我自己的旅行，我不想它被某个目的捆绑，我还没有想好，也还不知道旅行的目的地。旅行中，收到 S 无意间的询问，到旅行结束前几天逛书店在书柜上看见自己的第一本书《把你的名字晒一晒》，才慢慢地累积出一个我觉得可以出版的可能。如果出版是一个个作品的叠加，我希望我的第二本书与第一本书能有很大的不同。

和三采合作第二本书才感觉到自己在第一本书里的骄傲和任性（虽然做这本时候我也是挺任性的），也更深刻地感觉到，书的"出版"，是团队合作。我是如此幸运，能够遇见这样的团队，并在这个团队里担任一个自由而鲁莽的写作者。这一切都不容易，所以，第二本书，仍要感谢我的家人和朋友，谢谢我从未想过会出现在我生命中的读者们，还有三采出版社，谢谢育珊经理、微宣副总编辑、Sophie 编辑、营销姐姐Ada、美术编辑、业务、物流，谢谢整个三采出版社，不是陪着我，而是和我一起完成了第二个作品。你们走慢了我的梦想的时间，在这个梦想里，因为慢慢地走，才能看见，和你们一起，年复一年，何其有幸。

最后，常听人说，一个作者的第一本书是最珍贵的，而我想，如果我给自己的目标是要成为一个作家、一个能够配得上这个身份的人，我的每一本书，对我而言，都无比珍贵。我不是为了成册、为了成为作家而书写，我喜欢书写，而书啊、作家啊这些名词像是有形口袋，把我对书写的喜欢温柔地装在里面，甚至是拥抱它。

再一次感谢所有的失去与获得，时光漫漫，此刻我成了一粒沙，不小心把自己弄哭，却倍感幸福。谢谢，谢谢。

"愿你所有的追寻，都能带你找到平静。"

——给自己

**愿你喜欢被岁月
修改的自己**

张西 著

图书在版编目（CIP）数据

愿你喜欢被岁月修改的自己 / 张西著 . —北京：
北京联合出版公司 , 2019.4（2019.9 重印）
ISBN 978-7-5596-2830-5

Ⅰ . ①愿… Ⅱ . ①张… Ⅲ . ①随笔－作品集－中国－
当代 Ⅳ . ① I267.1

中国版本图书馆 CIP 数据核字 (2018) 第 278670 号

北京市版权局著作权合同登记号：01-2018-8719 号

选题策划	穆　晨
责任编辑	徐　鹏
特约编辑	丛龙艳　李　芳
美术编辑	刘龄蔓
封面设计	蜀　黍

出　　版	北京联合出版公司
	北京市西城区德外大街 83 号楼 9 层 100088
发　　行	北京联合天畅文化传播公司
印　　刷	天津光之彩印刷有限公司
经　　销	新华书店
字　　数	150 千字
开　　本	880 毫米 × 1230 毫米 1/32　8.25 印张
版　　次	2019 年 4 月第 1 版　 2019 年 9 月第 3 次印刷
I S B N	978-7-5596-2830-5
定　　价	52.80 元